静中开花

贾平凹 著

山东文艺出版社

果麦文化 出品

目 录

辑一

造一座房子住梦 　　　3
小石头记三则 　　　6
一个有月亮的渡口 　　　9
空谷箫人 　　　16
天上的星星 　　　21
白夜 　　　25
冬景 　　　31
对月 　　　36
又上白云山 　　　39
大洼地一夜 　　　48
夜在云观台 　　　51
地下动物园 　　　56
商州又录 　　　59
黄土高原 　　　81

辑二

写给母亲	89
祭父	92
自传——在乡间的十九年	106
西大三年——十五年后的回忆	115
读书示小妹十八生日书	118
暗恋	123
在女儿婚礼上的讲话	133
说棣花	136
秦腔	148
十篇短信	157
五十大话	162
六十岁后观我记	168
笑口常开	171
谈人生	176

辑三

坐佛 181

佛像 182

晚雨 184

落叶 187

桌面 189

说话 192

吃面 195

茶杯 199

秃顶 201

朋友 204

说死 208

说生病 213

说舍得 216

说自在 218

辑四

冬花	225
观菊	230
草记	233
梅园	236
柳园	238
风竹	241
关于树	244
温泉	246
池塘	250
月迹	253
河西	257
梦城	262
戈壁滩	264
太阳路	268

辑一

我们都是十分疲倦了的人，汇集在丹江的一个渡口上，凭着渡口的旅社，作着一种身心的偷闲，凭着渡口旅社的酒，消磨着这征途的时光，加速着如此漫长的人生。

造一座房子住梦

那日驱车在浐河边的公路上,天很热,停下来歇息,一抬头看见了终南山。终南山远在五里之外,阴影铺了半河,蓦地就开悟了陶潜的诗。以前读"采菊东篱下,悠然见南山",以为是站起身子来看着南山的,现在方体会了是知道有着南山,把菊采着采着,很平常地,不经意地抬头就看到了南山,一个悠然写出了他真实的自在生活和心境。我便说:"在这里造一所房子多好啊,养妻子育儿子,喂狗饲鸡,十天半月了,三朋四友从城里来就站在那田畔上喊,平凹,平凹……"同伴就笑,说我又在痴心妄想,回吧回吧,在当今的社会里,清静是需要钱的,没钱的清静看了只能心烦!"我不,"我说,"大的收藏家并不在乎把文物古董放在自己家里,凡是眼看过了就算收藏了。"我仍坐在柳树下往终南山上看。

终南山蜿蜒不绝,这里仅是突出的一个峰,峰下隆起的两个土丘，土丘之间一直往下漫出斜坡，生出密密的松树林子，然后分开两道岔梁一直踏到河滩。峰头之上是一片云，若即若离。正是午后时分，斜阳将云照得金黄灿烂。松树林子里似乎还有人家，没见到有房舍的墙头檐角，却炊烟细长。

我突然有了一种感觉，山上一定有许多洞穴，洞穴里生着蛇。这感觉使我也觉得奇怪，一般人的心目中，蛇是害怕的，在风光优美的地方不该有蛇，但我就是感觉有蛇，是白蛇，白得美艳，正因为它修炼在此才使这里风光迷人。我曾登临过太白山，总认为太白山是最神灵的，那里有不枯不溢的天湖，天湖里有净湖的玄鸟，湖边有永远长不大的古木，但我没有想到离太白山百里之地还有这座山，而这座山令我产生了有蛇的感觉。

这天夜里，我做了一个梦，梦见了我往山上走，一直往高处走，在林子里我看见了灵芝，看见了黑狐，看见了凤与凰，惊奇地在山峰下就出现了一泓碧水，水边琼楼玉宇，楼前的一块大青石板上一条白蛇就趴在上边。白蛇晶莹光洁，并不盘着，而是头部以及三分之一的身子静静地贴着石板，三分之一的中间部分却高高拱起，剩下的身子又落下来，软软地伏在石板上，通体呈现了S形，侧映在水里。我没有恐惧，只觉得从未见过的美丽和神秘。

此后，我就迷恋着那个地方，希望能在山下造一所房子，后半生就住在那里。我去走访了那里的乡政府，知道了许多商人要在这一带修建高尔夫球场，使地价已炒到了一亩十万元，而造一所再简易的房子也得一万元。我就加紧着积攒钱，而同时，邀请了许多朋友数次到山下察看方位。但我的朋友全不以为然，他们认为在这里造房不合算，有多少日子能住在这里呢？有那么多钱不如在市区内买一套单元房，并且，他们以为梦境里山上有蛇，纵然白蛇是那白素贞，纵然没有法海，蛇毕竟太华丽，太气势逼人，太冷太酷，有蛇的山上，高处不胜寒的。

但我是固执的，我坚持要在那里造房子，既然我不去常住，那么，就住蛇，住我的梦。

小石头记三则

悟空压在五指山

　　武松有着景阳冈打虎的历史,武松也有着披枷戴锁的记录,悟空大闹天宫的时候是何等威风,而压在五指山下了,却凄凄惨惨得如此凄惶!
　　英雄常常就落了难。
　　古人说:默雷止谤,转毁为缘。英雄之所以是英雄,在于能默能转。
　　一压五百年,这猴子,只是受着。
　　一般人以平安而为福,一般人也就以此福而平庸。

秋色

人越来越老,记忆就越嫩,沾一杯酒来独饮,往事的记忆就是下酒的菜,嚼之又嚼出味了。凡是去过山林的,最忘不了那缠满藤萝的树干和树干上如钱的苔斑,忘不了那树上的白天,圆形的,三角的,或窄或阔,撕碎的纸片般的叶的繁乱,什么鸟在叫了,雾瘴如烟,脚下是松软的落叶——人到中年至老年,最宜于坐在这石前,似乎就在不远处,正坐着的是那一位陶潜。

镜中之花最终不是花,水中之月泼出而逝了,饱尝了秋色,从石前站起,人生依旧忙忙,累而烦的日子无序而来,苍茫而去,但我们毕竟是偷闲了一回,愉悦了一回,由此要谢一回石头了。

奇石是上帝赐给我们的风月宝鉴,只记一句话:我不识世,世却识我。

熊猫灵璧石

当你看着这只熊猫的时候,熊猫也在看你。

你说:熊猫这家伙真憨,什么世纪了,还做林中隐士,家居那么高的山,山上的竹子由低往高越来越少,他就越住越高要做神仙吗?

熊猫说:人这东西好蠢哟,整日为了功利,去放肆,去纵欲,忙忙碌碌。现代文明造就的这一代人长着兔子般的脑袋,思想上就这么倦怠，道德上就这么怯懦？

你说：瞧这熊猫多胖，吃竹子一贯吃那么多，喝水又要喝得走不动才罢休，那长的是什么肠胃呀？

熊猫说：人怎能不干瘦瘦的呢，人博览烹调艺术。屁，肠胃不好的才变着食品的色呀、形呀、味呀的。食文化的发展才导致了人的退化！

你说：嘀，熊猫这稀世之物！

熊猫说：唉，人呀人，真是乌合之众……

一个有月亮的渡口

在商州的山里，我跋涉了好多天，因为所谓的"事业"，还一直在向深处走。"鸡声茅店月，人迹板桥霜"，身心已经是十二分的疲倦，怨恨人世上的路竟这么漫长，几十里，几十里，走起来又如此的艰难呢！且喜的是月亮夜夜在跟随着我，我上山，它也上山，我下沟，它也下沟，它是我的伙伴，才使难熬的旅途不至于太孤单、太凄凉了。

一日，我走到丹江的一个岸口，已经是下午的四点，懒散在一片乱石之中，将鞋儿、袜儿全部脱去，仰身倒下去痴痴地看那天的一个狭长的空白。这时候，一仄头，蓦地就看见黑黑的一片云幕上，月亮又出现了：上弦的，清清白白，比往日略略细了些，又长了些。啊，可爱的月，艰辛的旅途也使你瘦得多了，今日是古历的十五，你怎么还没有满圆呢？

"啊，月亮升得这么早！"

"它永远都在那个地方呢！"

说话的是从我身边走过的一位山民。我疑惑地坐起来，细细看时，脸就发烧了。原来这月亮并不在天上，而实实在在是嵌在山上的。江面是想象不来的狭窄，在这三角形状的岸边，三面的山峰却是那样的高，最陡最陡的南岸崖壁似乎是插着的一扇顶天立地的门板，就在那三分之二的地方，崖壁凹进一个穴窟，出奇地竟是白色，俨然一柄破云而出的弯月了。

"这是什么地方？"我急急地问。

"月亮湾渡口。"

渡口，又这么神话般的名字，我禁不住又喜欢起来了。沿丹江下来，还没有遇见过正正经经的渡口。早听人讲，丹江一带这荒野的山地，渡口不仅仅是为了摆渡，而是一个最好的安乐处，船只在这里停泊，旅人在这里食宿，物产在这里云集。这石崖上的月亮，便一定是随我走了多日的月亮，或许这里是它的窝巢，它是早早就奔这里来了，回来在这里等着我了。

我住了下来。

渡口，山民们所夸道的繁华处，其实小得可怜。南岸和北岸的黑石崖上，用凿子凿出十级、二十级的台阶，便是入水口。每一个台阶，被水的浸蚀呈现出每一种颜色。山根下的树丫上架着泥土和草根，甚至还有碗口大的石头，显示着江水暴溢的高度。一只船也仅仅是这一只船，没有舱房，也没有桅杆，一件湿淋淋的衣服用竹竿撑在那里晾晒，像是一面小小的旗子。两岸的石嘴上拉紧了一条粗粗的铁线，控制着船的往来。一条公路在这里截断，南来的汽车停在南岸，北来的汽车停在北岸，旅客们须在这里吃饭休息，方调换着坐车而去。北岸的山腰上就有了一片房子，房子的主人都是些山民，又都是些店员，家家开有旅社、饭店。一家与一家的联系，就是那凿出的石阶路。屋基沿着一处石坎筑起，而再垒几个石柱儿一直到门框下，架上木板，这便是唯一的出路了。白日里，江面的水气浮动着，波色水影投映在每所房子的石墙上，幻化出瞬息万变的银光。一到夜里，江水的潮气浸了石墙，房子的灯光却一道一道从窗口铺展到江心，像是醉汉在那里蒙蒙眬眬蹒跚不已了。

我住下了两天，尽量将息着自己的疲倦，每每黄昏时分，就双手支着脑袋从窗口往江面看。南北调换的班车早已开走了，他们将大把的钱币放在各家的柜台上，将粪便拉在茅房里，定时的热闹过去了，渡口上又处于一种死一般的寂静。各家的主人都蹲在门口，悠悠地吸烟，店门却是不关的，灶口的火也是不熄的，他们在等待着从四面八方来赶明日班车的客人，更是在等待着从丹江上游撑柴排而来的水手们，这些人才真是他们的财神爷。果然，峡谷里开始有了一种嗡嗡嘤嘤的声音，有人便锐声叫道："柴排下来了！"不一会儿，那山弯后的江面上就出现无数的黑点，渐渐大了，是一溜一串的柴排。这全是些下游的河南人，两天前逆江而上，在深山里砍了柴火，扎成排顺江而下，要在这里住上一夜，第二天再撑回山外去的。撑排人就大声吆喝着，将柴排斜斜地靠了岸，用一条葛条在岸上的石头上系了，就披着夹袄跳下排，提着空酒葫芦上山来了。

我太是迷恋了这个渡口，每天看着班车开来了，又开走了，下午柴排停泊了，第二天醒来江面又一片空白。后来就十分欣赏起渡口的云雾了。这简直是奇迹一般，早晨里，那水雾特别大，先是从江边往上袅袅，接着就化开来，虚幻了江岸的石崖，再往上，那门板一样的南崖壁就看不见了，唯有那石月白亮亮地显出来，似乎已经在移动了。当太阳出来的时候，峡谷里立即变成各种形态不一的光的棱角，以山尖为界，有阳光的是白的棱角，没太阳的是黑的棱角。直到正午，一切又都化作乌有。而近傍晚，从江面上却要升腾起一种蓝色火焰一样的蒸汽。这时候，停泊在渡口的大船一摆渡，平静的江里看得见船的吃水的部分，水波抖起来，出现缓缓地失去平衡的波动，那两岸系着的柴排就一起一伏，无声地晃动。我最注意的是此时江心中的那个石月的倒影，它竟静静地沉在水里，撑排人总是划着排追逐着它，上水和下水的地方，几乎同时有好多人在喊着：月亮在这儿！月亮在这儿！

是的，月亮是在这儿，我在这里停歇下来了，它也在这里停歇下来了，日日夜夜，一推开窗子，它就在我的眼中了。看着月亮，我想起了千里之外的家，想起了家中的娇妻弱女，我后悔我为什么要跑这么远的路程。我又是多么感激起这个渡口了，竟使我懂得了疲倦，懂得了安谧！

但是，店主人已经是第三次地催我走了。

"懒虫！"她说，"还没见过你这样的人呢！我们这里是过路店，可不是疗养所啊，你是要来招女婿？"

我脸红红的。我也明白了她的意思：在这个村子里，山坡最上的那一家，有一个漂亮的女子，专卖酒和烟的，但却不开旅社留客。她爹是一个瞎子，每天却比有眼睛的还精灵，可以从那仄仄的石阶路上走到江边舀水，到屋后坡上抱柴。卖酒的时候，又偏要端坐在酒柜台后，用全是白的眼睛盯着一个地方。那女子招呼着打酒，声音脆脆的，客人常就端了酒碗在她家一口一口地喝，邀她喝，她也喝，邀她打扑克，她也打，大声说笑，当客人们偷眼儿看她的时候，她会大着胆子用亮亮的眼睛对视，便使客人们再不敢有什么心思了。她家每天卖出的酒最多，但并没有引出不光彩的事来。我曾和我的店主人说起她，她说这女子能掌握住人，尤其是男人，是当将军的材料，至少可以当个领导。

"瞧你这样子，能占了她的便宜吗？收了那份心吧！"

店主人不时戏谑着我，我感到了厌烦，只好搬出她家，又住在另一家店去了。

夜里，又是一群撑排人上了山，歇在了隔壁那家的旅社里，他们是一群年纪不大也不小，相貌不美也不丑的男人。一进那旅社里，就大声吵闹着喝酒。乘着酒兴，话说得又特别多，谈这次进山的奇遇，谈水路上的风险，有的就骂起来，说他们的腰疼、腿疼，这山上、水上的活计就不是人干的。末了，是醉了，又哭又笑，满口的粗话，接着是吐字不清的喃喃，渐渐响起打雷一般的鼾声了。

我却没有睡着，想这些撑排人，在他们的经历中，一定是有着不可描述的艰辛：野兽的侵犯，山林的滚坡，江水的颠簸，还有那风吹雨淋，挨饥受饿……他们是劳力者，生命是在和自然的

13

搏斗中运动。而我,为了所谓的"事业",在无休无止的斗争中和噩梦般的生活旋涡里沉浮……我们都是十分疲倦了的人,汇集在丹江的一个渡口上,凭着渡口的旅社,作着一种身心的偷闲,凭着渡口旅社的酒,消磨着这征途的时光,加速着如此漫长的人生。但愿他们今夜睡得安稳,做一个好梦,也但愿我再不被噩梦惊醒,睡得十分香甜吧。

但是,天未明的时候,一阵粗野的喊声从江边传来:"王来子,快起来吧!人家排都撑走了,你还睡不死吗?那床上有你老婆吗?"

隔壁的旅社窗子开了,有了回答声:"你催命吗?天还早哩,急着去丹江口漂尸吗?这儿多好的地方!"

"再好,是久待的地方?!你要死在这儿,就不叫你走了!"

隔壁的王来子一边小声骂着把扣子扣歪了,又嘟囔着去那家女子酒店敲门。江下又喊了:"你还丢心不下那小娘儿吗?你个没皮没脸的东西!"

"我去打些酒。"

"河里的鱼再大,也没有碗里的小鱼好啊,不要脸的来子!"

他们互相骂着下到江里了。水雾中,各人解开了柴排上的葛条系绳,跳了上去,一声叫喊,十个八个柴排连成一起向江下撑去。到了渡口下的转弯地方,河水翻着白浪,两岸礁石嶙嶙,柴排开始左冲右撞起来,他们手忙脚乱,叫喊着:"向左!向右!"竹篙便点,柴排一会儿浮起老高,一会儿落得很低,叫喊声就轰轰地在峡谷里回响。看着那有如此力量去奋争,有力量去上路的柴排和撑排人，我突然理解了他们：他们或许不是英雄，却实实在在地不是一群无聊的酒鬼，在这条江上，风风雨雨使他们有了强硬的身骨，也同时有了一股雄壮的气魄，他们是一群生活的真正强者。那柴排的一路远去和叫喊声的沉沉传来，充满了多么生动的节奏和高雅的乐趣啊！而顿时感到了自己内心的一种若有所失的空虚。

我呆呆地趴在窗口上，一抬头，又看见那石壁上的月亮了。月亮还在那里，一个清清白白的上弦。噢，当我出发到商州来的时候，月亮是半圆的，走了这么多的日子，在这里又待了这么长的时间，它还是这个半圆，它难道是死去了吗？月有阴晴圆缺，由圆到缺由缺到圆，一天一天更新着世界的内容，难道它现在终止了时间的进速，永远给我的将不是一个满圆吗？！

吃过早饭，我走掉了。

不是沿着来路返回，而是开始了向着海一般深的山中又走我的路了。心里在说：在商州的丹江，一个有月亮的渡口，一个年轻人真正懂得了渡口——它是人在艰难困苦的旅途上的一次短暂的停歇，但短暂的停歇是为了更快地进行新的远征。

空谷箫人

我患了病,工作没了心思,心里常常忧郁,在城里便住得腻了。到乡下河川地的姨家去,先几回倒好,渐渐也就烦了。这里虽然人少,空气也好,但还不是我宽心的地方。姨说:"你去山里逛逛吧。"闷着无事,我真走去了。

我什么也不曾带,只捧了一支箫。自我烦闷起,这箫就是我的朋友了,我常常避着人吹。它是生长在秀水明山里的,有着清幽的嗓子,我不想让更多的人听着俗了它。它是我的。我的一腔烦闷全灌进它的肚腹,也只有我,才听懂了它的价值和意义。

我带了我的箫,踽踽向山里去了。

这里的山,不是那北方的土山,但又不是南方的峻岭,它就是它的,秀丽的,玲珑剔透的,完全是一个性格外露的少年的形象了。山里可能很寒,什么杂木杂草也长不出,漫山到处便是竹子。

在城里,从画刊上是认识这竹子的,《辞海》上也写过它的形象:修长。今番在此山此地,才知道它竟是长在岩缝石隙中的。远远看去,一山都是绿,绿得浅,也绿得深。没有风的时候,绿得庄重、温柔,像端坐在堂上的少妇。微风掠过,就打一个酥酥的惊悸,一山都在羞怯怯地颤。

此时正是黄昏,夕阳斜在绿梢儿上,红光里渗了绿的颜色,也显得柔和可爱多了。我拣了河边的一块石头坐下来,看那河源就在山间的竹林里,白花花地淌下来。流过身下的时候,声儿是没有的,颜色却是碧绿碧绿。我想:是这水染绿了那竹呢,还是这竹洗绿了这水?水面子上送着凉气,那一定是竹叶上带来的。

我吹起我的箫来,悠悠忽忽,原来在这空谷里,声调这么清亮,音色这么圆润。我也吹得醉了……我又到了我的境界去,这山,这水,这林子,都是有情物了,它们在听着我的烦闷。我吹着,想把一腔的烦闷都吹散。我愿意将我的箫眼儿,将我的口,变成那山巅上的风洞儿,永远让风来去地吹吧!

这时候,我听见身后的竹林里,有"空!空!"的声音响起。在这寂寂的空谷,在这夕照的黄昏,除了我,还有谁肯在这儿呢?我收了箫儿,站起来,脚步挭进竹林去,那"空!空!"的声音却没了,竹子长得很盛,满枝儿"个"字,拂动起来,泠泠地响。

我又坐在那块石头上来,想:这山里原本是没有人的了,那"空!空!"的响声也一定是我的幻觉了。谁还会出现呢,烦的只有我,闷的也只有我了。心里添了一重愁,箫声更幽幽了,我似乎感觉到那竹叶尖儿,那水皮面儿,停驻了箫声,要不,怎么也在瑟瑟地抖呢?

但是,差不多这个时候,"空!空!"的声音又响了。我疑惑了,重新走向那竹林去,一切又都悄然,唯有那草丛里,一点马兰花,妩媚地开放……我竟有些害怕了。

"谁?!"我叫了一声,但没有音儿,额上沁出了一层冷汗。

突然间爆起了一串咯咯声,空静的山谷里,是那样响,立即撞在对面山林里,余音在四下溢流。我惊愕间,竹林里闪出一个姑娘,一捻儿的腰身,那一双小巧的脚一踮,站在了我的面前。眉眼十分动人,动人得只有她来形容她了,我想:要不是《聊斋》中的那种狐女,便真要是这竹子精灵儿变的吧?

"你?!"我恍惚中说。

"我偷听你的箫了!"她一直在笑着,末了笑得嘎的一声,"你是城里人?有一肚子心思?"

多少年来,谁这么认真地听过我的箫儿,谁又能听出它的意思呢?!没想这荒山野地,一个弱小女子儿,竟是我的知音!

"你住在哪儿?"我问。

她笑指山腰深处,我看见的只是卧着的白云,竹的深绿,那白云绿竹处的人家。这道河水儿就从门前流来的吗?

她说她是来砍竹子的,砍了竹做那笛儿、箫儿的,大凡这里生产的竹乐器,上面都刻有"空谷佳音"。我看我那箫儿,果真有这四字:噢,这伴我陪我的箫儿,竟有幸回到故乡来了!

"你们这儿竹子能做箫?"

"你瞧瞧,"她拿手里的砍刀敲敲身边的竹子,立即铮棱棱地颤响,"这竹子从土里一长出来,就是一株歌子,它从地里吸收七个音儿,就长出一个节来,随便砍一截儿来做个箫儿吹吹,就发出无穷无尽的音乐的。"

她说得妙极了,像诗一样动听。突然那巧嘴儿一搐,收了那笑,说:"但你却辜负这箫儿了!"

"哦?"

她说:"这箫儿原本是给人带来欢乐的,可你却让它在哭,在怨。你在城里,为什么要来这儿一个人吹呢?"

她竟问得这么厉害,足见这姑娘是我的知音了。我看着她,不知道这话藏在她什么地方。那么纤小的身子,又如何砍得动这竹子?

"是的,我太烦闷了,在城里那么活着,就像你这么一个水灵人儿却深待在这荒山野地里一样,人生太烦闷了。"

"烦闷?我才不呢!"姑娘又咯咯咯地笑起来了。她顺手指着一根小青竹说:"你看这根小竹子安安分分地生在这山野里,长大了能派那么多用场,它才不知道什么叫烦闷呢!我看你呀,是没把自己放在适当的地位。"

我说:"是的。"但我奇怪了,她怎么说这种话?在这么个地方,她这般年纪,也变得世故了?庸俗了?我就是在箫的哀怨里找到了我自己,就像这山溪流出山沟来才发现了出路吧。

我突然问起她住过高楼吗,她说没有。问她吃过巧克力吗,她说没有。问她看过芭蕾舞吗,她说没有。

她还是不懂我的啊!

"但我知道你是人!"她说,"你总要吃五谷的。"

她问起我来了,问上到那最高峰看过日出吗,我是没有的。问吃过山里的露水葡萄吗,我是没有的。问砍过这做笛儿、箫儿的竹子吗,我是没有的。

"你让我像你们山里人吗?我何苦受这种罪?!"

她笑声又起了,满山满谷都是笑的余响了:"山里自有我们的乐趣哩!要不能长出笛儿、箫儿?你用的心太多,脑子太紧张,像你这样的城里人,寿命才没有我们山里人长哩!"

说完,她那小巧的脚儿一踮,轻腿软腰地闪入竹林去了。一会儿拖出一捆绿竹来,捎在肩上,顺条曲径儿一直走去了。

我呆呆地坐在那里,看着她在那绿中融了,还听见那咯咯咯的笑声飘过来,似乎那笑声便一直留在这空谷里了,在那山上,在那竹叶上,在箫眼儿上,在我的嘴唇上。

月亮已经淡淡地上来,那竹在淡淡地融,山在淡淡地融,我也在月和竹的银里、绿里淡淡地融了……我似乎想着什么,但似乎又没有想着什么,我极想再吹出一首吹熟了的忧曲儿,但我害怕吹不响,那嘴唇儿里、箫眼儿里,全蓄藏了她那咯咯咯的笑声哩。

我站起身来,踽踽地往回走,我想起了我那住在河川地的姨,我想起了我那生活的、工作的城市,我一直走,走出了这长满歌子和笑声的绿的山。

天上的星星

大人们快活了,对我们就亲近,虽然那是为了使他们更快活,我们也乐意呢;但是,他们烦恼了,却要随意骂我们讨厌,似乎一切烦恼都要我们负担,这便是我们做孩子的,千思儿万想儿,也不曾明白。天擦黑儿,我们才在家捉起迷藏,他们又来烦了,大声呵斥,只好嗳嗳地出来,在门前树下的竹席上,躺下去,纳凉是了。

闲得实在无聊极了。四周的房呀,墙呀,树的,本来就不新奇,现在又模糊了,看上去黝黝的似鬼影。天上月亮还没有出来,星星也不见,昏亮亮的一个大大的天空。我们伤心了,垂下脑袋,不知道这夜该如何过去,痴呆呆儿守着瞌睡虫爬上眼皮。

"星星!"妹妹突然叫了一声。

我们都抬起头来,原本是无聊得没事可做,随便看看罢了。但是,就在我们头顶,出现了一颗星星,小小的,却极亮极亮,分明看出是有无数个光角儿的。我们就好奇起来，数着那是四个光角儿呢，还是五个光角儿。但就在这个时候，那星的周围里，又出现了几个星星，这是那么一瞬间，几乎不容觉察，就明亮亮地出现了。啊，两颗，三颗……不对，十颗，十五颗……奇迹是这般迅速地出现，愈数愈多，再数亦不可数，一时间，漫天满空，一片闪亮，像陡然打开了百宝箱，灿灿的，灼灼的，目不暇接了呢。我们只知道夜夜天上要有星星，但从没注意到这么出现，那是雨天的池塘，霎时浮了万千水泡？又是无数沉睡的孩子，蓦地睁开了光彩的眼睛？它们真是一群孩子呢，一出现就要玩一个调皮的谜儿啊！这些鬼精灵儿，从哪儿来的，是一个家族的兄妹，还是从天涯海角集合起来，要开什么盛会了呢？

夜空再也不是荒凉的了，星星们都在那里热闹，有装熊的，有学狗的，有操勺的，有挑担的，也有的高兴极了，提了灯笼一阵风似的跑……

我们都快活起来了，一起站在树下，扬着小手。星星们似乎很得意了，向我们挤弄着眉眼，鬼鬼地笑。

过了一会儿，月亮从村东口的那个榆树丫子里升上来了。它总是从那儿出来，冷不丁地，常要惊飞了树上的鸟儿。先是玫瑰色的红，像是喝醉了酒，刚刚睡了起来，蹒跚地走。接着，就黄了脸，才要看那黄中的青紫颜色，它就又白了，白极白极的，夜空里就笼上了一层淡淡的乳白色气。我们都不知道这月亮是怎么啦，却发现那些星怎么就少了许多，留下的也淡了许多，原是灿灿的亮，变成了弱弱的光。这竟使我们大吃了一惊。

"这是怎么啦?"妹妹慌慌地说。

"月亮出来了么。"我说。

"月亮出来了为什么星星就少了呢?"

我们面面相觑,闷闷不得其解。坐了一会儿,似乎就明白了:这漠漠的夜空,恐怕是属于月亮的,它之所以由红变黄,由黄变白,一定是生气星星们的不安分,在吓唬着它们哩。

"哦,月亮是天上的大人了。"妹妹说。

我们都没有了话说。我们深深懂得做大人们的威严,又深深可怜起这些星星了:月亮不在的时候,它们是多么有精光灵气,月亮出现了,就变得这般猥琐了。

我们突然又回想起了一切:原来天上并不甚好,月亮睡着了的时候,它才让星星出来,它出来了,就要星星退去。那纷纷扬扬的雪片,五个角的,七个角的,全是薄亮亮的,不就是星星的尸骸吗?或许,就燃起晚霞的大火来烧它们,要不,星星为什么从来就没有叶,也没有根,只是那么赤裸裸的星颗呢?

我们再也不忍心看那些星星了,低了头走到门前的小溪边,要去洗洗手脸。谁也不言语,默默想着我们做孩子的不幸:是我们太小了,太多了吗?

溪水浅浅地流着,我们探手下去,才要掬起一抔来,但是,我们差不多全看见了,就在那水底里,有着无数的星星。

"啊,它们藏在这儿了。"妹妹大声地说。

我们赶忙下溪去捞,但无论如何也捞不上来,看那哗哗的水流,也依然冲不了它们。我们明白了,那一定是星星不能在天上，偷偷躲藏在那里了。我们就再不声张，不让大人们知道，让它们静静地躲在那里好了。

于是，我们都走回屋里，上床睡了。却总是睡不稳，害怕那躲藏在水底的星星会被天上的月亮发现吗？可惜藏在水底的星星太少了，那无数的还在天上闪着光亮。它们虽然很小，但天上如果没有它们，那会是多么寂寞啊！

大人们骂我们不安生睡觉了。骂过一通，就打起鼾声，我们赶忙爬起来，悄悄溜到门外，将脸盆儿、碗盘儿、碟缸儿都拿了出去，盛了水，让更多更多的星星都藏在里边吧。

白夜

我常常有这么个怪现象：做过的梦，过了不久，便就实现了。今天冒了大雪，从城里去秦岭办事，半夜在山根下了火车，走了十几里路，黎明的时候，赶到这村口。雪是不下了，却觉得这儿好眼熟！想来想去，蓦地记得这似乎是我一个月前梦里去过的地方呢。

那梦里就是这个样子的：没有月亮，没有星星，落了叶的树，黑了枝的线条，睡了的房子，黑墙的三角和斜面，除此都是雪白的了。夜，不是黑的概念了，白得朦胧，白得迷离，是一个古老的童话，一个单纯和朴素的木刻版画啊。

这使我十分地骇怕了，不知道这是有了什么神鬼儿作祟，还是所谓的生物电感应所致呢？我裹紧了衣服，再不敢想那梦的事，也不敢在这野外多待一会儿，急匆匆要走进村去，寻一户人家。

村子里静悄悄的,没有一个人影,也没有一只狗咬。从巷道里过去,雪落得很深,一脚踩下去,没了小腿,却没有一点儿声息。走进一家,院子里平静静的,一直走近门口,门被雪封了半边,只看见那黑色的门环,一动未动,像画上的一般。轻轻一推,门关着,我只好又退出来。反身看去,那脚印却就消失了。

再往巷子深处走,两边墙上的雪堆偶尔就掉下来,直埋了我的大腿。绕进一家篱笆,脚下依然没声无息,那门又是被雪封了,严严实实的,推也无法推了。

我退在了巷道里,听见了自己打的嗝儿,倏忽间,头发根根竖起来了:这个山村要被大雪埋掉了!天黎明了,山民们还这么沉睡不醒,是他们的懒惰,还是雪的温暖下使他们失去了黎明醒来的本能,而遭了如此的不幸呢?

我无目的地向巷的一头跑去了,感到了孤独,感到了寂寞,感到了恐惧,想这一场大雪,是天上云朵的脱落吗?这么个地方,为什么就要有这么个村庄,这么个村庄为什么偏要住了人呢?!

可怜的人啊,在大自然面前,多么无能为力!我深深地后悔这次夜行,我狠命地跑去,步子却迈不开去,似乎谁在拉扯着我的衣襟,我预感到我已是电影里死前那种慢镜头,很快就要倒下去,埋在雪底,然后是一个平静的雪景……

突然,铃响了。很响的铃声。整个白夜似乎都颤抖了一下,我兀自站住了,不清楚怎么会有了铃声。我觅着铃的声音,跑了过去。

深呼吸图

愿望

巷口的那边，一个高地，飘着一丝铃的余韵。跑近去，是一座院落，院前一株老树。门开着，树上垂一根绳索，绳索顶端是一口铃，绳还在摇着，人却是没影的。

我疑惑着，四面看时，就见树远去五米的地上，一个黑色的窟窿边，正弯腰站着一个人，一个很老的人。

"大伯！"我叫着，声音有些发抖了，"铃是你敲的？"

"学校的铃我敲了十几年了。"

"快，大伯！"我说，"你知道吗，村里家家的门被雪封了，人要捂死在里边了。"

老人却哈哈地笑起来了："你是外地人吧，雪怎么会捂死人呢？每年冬天都有这天气，大雪下来，常要埋了门窗，人们觉得暖和，就会误了起床。亏得我住得高，在风头上，雪是落不住的。这就是我们这里的白夜啊！"

"白夜？"

"是的，白天的黑夜，黑夜的白天。"

这真是诗意的语言，奇妙的山地。我心松了下来，却还惊惑不解。回望着这白夜下的山村，心有余悸地说："这雪太可怕了，把什么都埋住了。"

"那不见得，你瞧这井，不管多大的雪，它能盖住吗？"

老人直起腰来，却提了一桶水，原来那黑色的窟窿竟是一口水井，水并不深，用手就可以拔绳打水了。我走近去，在白夜里，井上腾着丝丝的热气，竟在那井壁口上，看得见长着一个小小的竹笋。

我说:"这种白夜,会有多少天呢?"

老人说:"断断续续一个月吧。"

"一个月?那人不冻坏吗?"

"不,冻死的只是细菌,只是脆弱的生命。这白夜要是哪年少了,春上人才要害病呢。你知道吗,这个村里人都长寿到八十多岁哩。"

"可这地方,毕竟是太寂寞了。"

"耐过寂寞的,才是伟大哩,同志!"

老人对他的教学的语言,似乎很得意了,那么映着眼诡笑了一下,提了水桶,就蹒跚地向校门走去了。

我站在这白夜里。长久地站着,做着遐想。似乎悟出了几分东西,却还有几分疑惧,便又向村里跑去了。

村巷里,果然有了人走动,有的人家正打开了门,雪却像一堵墙挡在门口,出来不得,便见烧热了锅,那么端着,一下就钻出来了。然后,一家人全站在院下里,乐得大叫:"好雪,好雪,明年麦子要丰收了!"

看着这白夜的地方,看着这一个个憨厚的山民,原来他们是那么平和,那么乐哉,那么一切无所谓,我突然觉得这是实实在在发生的事呢,还是我又在做着什么梦了。但无论如何,我是感到了脸在发烧。

冬景

早晨起来，匆匆到河边去，一个人也没有，那些成了固定歇身的石凳儿，空落着，连烫烟锅磕烟留下的残热也不存，手一摸，冷得像烙铁一样地生疼。

有人从河堤上走来，手一直捂着耳朵，四周的白光刺着眼睛，眯眯地睁不开。天把石头当真冻硬了，瞅着一个小石块踢一脚，石块没有远去，脚被弹了回来，痛得"哎哟"一声，俯下身去。

堤下的渡口，小船儿依然系在柳树上，却不再悠悠晃动，横了身子，被冻固在河里。船夫没有出舱，吹着他的箫管，若续若断，似乎不时就被冻滞了。或者嘴唇不再软和，不能再吹下去，在船下的冰上燃一堆柴火。烟长上来，细而端。什么时候，火堆不见了，冰面上出现一个黑色的窟窿，水嘟嘟冒上来。

一只狗，白茸茸的毛团儿，从冰层上跑过对岸，又跑回来，它在冰面上不再是白的，是灰黄的。后来就站在河边被砸开的一块冰前，冰里封冻了一条小鱼，一个生命的标本，狗便惊奇得汪汪大叫。

田野的小路上，驶过来一辆拉车。套辕的是头毛驴，样子很调皮，公羊般大的身子，耳朵上、身肚上长长的一层毛。主人坐在车上，脖子深深地缩在衣领里，不动也不响，一任毛驴跑着。落着厚霜的路上，驴蹄叩着，干而脆地响，鼻孔里喷出的热气，向后飘去，立即化成水珠，亮晶晶地挂在长毛上。

有拾粪的人在路上蹋蹋地走，用铲子捡驴粪，驴粪却冻住了。他立在那里，无声地笑笑，做出长久的沉默。有人在沙地里扫树叶，一个沙窝一堆叶子，全都涂着霜，很容易抓起来。扫叶人手已经僵硬，偶尔被树枝碰了，就伸着手指在嘴边，笑不出来，哭不出来，一副不能言传的表情，原地吸溜打转儿。

最安静的，是天上的一朵云，和云下的那棵老树。

吃过早饭，雪又下起来了。没有风，雪落得很轻，很匀，很自由，在地上也不消融，虚虚地积起来，什么都掩盖了。天和地之间，已经没有了空间。

只有村口的井，没有被埋住，远远看见往上喷着蒸汽。小媳妇们都喜欢来井边洗萝卜，手泡在水里，不忍提出来。

这家老婆婆，穿得臃臃肿肿，手上也戴上了蹄形手套，在炕上摇纺车。猫不再去恋爱了，蜷在身边，头尾相接，赶也赶不走。孩子们却醒得早，趴在玻璃窗上往外看。玻璃上一层水汽，擦开一块,看见院里的电线,差不多指头粗了。

"奶奶,电线肿了。"

"那是落了雪。"奶奶说。

"那你在纺雪吗?线穗子也肿了。"

他们就跑到屋外去,张着嘴,让雪花落进去,但那雪还未到嘴里,就总是化了。他们不怕冷,尤其是孩子,互相抓着雪,丢在脖子里,大呼大叫。

一声枪响,四野一个重重的惊悸,阴崖上的冰锥震掉了几个,哗啦啦地在沟底碎了,一只金黄色的狐狸倒在雪地里,殷红的血溅出一个扇形。冬天的狐皮质量好,正是村里年轻人捕猎的时候。

麦苗在厚厚的雪下,叶子没有长大,也没有死去,根须随着地气往下掘进。几个老态龙钟的农民站在地边,用手抓住雪,捏个团子,说:"那雪,好雪,冬不冷,夏不热,五谷就不结了。"他们笑着,叫嚷着回去煨烧酒喝了。

雪还在下着,好大的雪。

一个人在雪地里默默地走着,观赏着冬景。前脚踏出一个脚印,后脚离起,脚印又被雪抹去。前无去者,后无来人,他觉得有些超尘,想起一首诗,又道不出来。

"你在干什么?"一个声音。

他回过头来,一棵树下靠着一个雪桩,他吓了一跳。那雪桩动起来,雪从身上落下去,像脱落掉的锈斑,是一个人。

"我在作诗。"他说。

"你就是一首诗。"那个人说。

"你在干什么？"

"看绿。"

"绿在哪儿？"

"绿在树杈上。"

树上早没有了叶子，一群小鸟栖在枝上，一动不动，是一树会唱的绿叶。

"还看到什么吗？"

"太阳，太阳的红光。"

"下雪天没有太阳的。"

"太阳难道会封冻吗？瞧你的脸，多红。太阳的光看不见了，却红了你的脸。"

他叫起来了："你这么喜欢冬天！"

"冬天是庄严的，静穆的，使每个人去沉思，而不再轻浮。"

"噢，冬天是四季中的一个句号。"

"不，是分号。"

"可惜冬天的白色那么单调……"

"哪里！白是一切色的最丰富的底色。"

"可是，冬天里，生命毕竟是强弩之末了。"

"正是起跑前的后退。"

"啊，冬天是个卫生日子啊！"

"是的，是在做分娩前准备的伟大的孕妇。"

"孕妇！"

"不是孕育着春天吗？"

说完，两个人默默地笑了。

两个陌生人，在天地一色的雪地上观赏冬景，却也成为冬景里的奇景。

对月

月,夜愈黑,你愈亮,烟火熏不脏你,灰尘也不能污染,你是浩浩天地间的一面高悬的镜子吗?

你夜夜出来,夜夜却不尽相同。过几天圆了,过几天又亏了。圆得那么丰满,亏得又如此缺陷!我明白了,月,大千世界,有了得意有了悲哀,你就全然会照了出来的。你照出来了,悲哀地盼你丰满,双眼欲穿;你丰满了,却使得意的大为遗憾,因为你立即又要缺陷去了。你就是如此千年万年,陪伴了多少人啊。不管是帝王,不管是布衣,还是学士,还是村孺,得意者得意,悲哀者悲哀,先得意后悲哀,悲哀了而又得意……于是,便在这无穷无尽的变化之中统统消失了,而你却依然如此,得到了永恒!

你对于人就是那砍不断的桂树,人对于你就是那不能歇息的吴刚?而吴刚是仙,可以长久,而人却要以短暂的生命付之于这种工作吗？

这是一个多么奇妙的谜语！从古至今，多少人万般思想，却如何不得其解，或是执迷，将便为战而死，相便为谏而亡，悲、欢、离、合，归结于天命；或是自以为觉悟，求仙问道，放纵山水，遁入空门；或是勃然而起，将你骂杀起来，说是徒为亮月，虚有朗光，只是得意时锦上添花，悲哀时火上加油，是一个面慈心狠的阴婆，是一泊平平静静而溺死人命的渊潭。

月，我知道这是冤枉了你，是曲解了你。你出现在世界，明明白白，光光亮亮。你的存在，你的本身就是说明这个世界，就是在向世人做着启示：万事万物，就是你的形状，一个圆，一个圆地完成啊！

试想，绕太阳而运行的地球是圆的，运行的轨道也是圆的，在小孩手中玩弄的弹球是圆的，弹动起来也是圆的旋转。圆就是运动，所以车轮能跑，浪涡能旋。人何尝不是这样呢？人再小，要长老，人老了，却有和小孩一般的特性，老和少是圆的接榫；冬过去了是春，春种秋收后又是冬；老虎可以吃鸡，鸡可以吃虫，虫可以蚀杠子，杠子又可以打老虎。就是这么不断地否定之否定，周而复始，一次不尽然一次，一次又一次地归复着一个新的圆。

所以，我再不被失败所惑了，再不被成功所狂了，再不为老死而悲了，再不为生儿而喜了。我能知道我前生是何物所托吗？能知道我死后变成何物吗？活着就是一切，活着就有乐，活着也有苦，苦里却也有乐。犹如一片树叶，我该生的时候，我生气勃勃地来，长我的绿，现我的形，到该落的时候了，我痛痛快快地去，让别的叶子又从我的落疤里新生。我不求生命的长寿，我却要深深地祝福我美丽的工作，踏踏实实地走完我的半圆，而为完成这个天地万物运动规律的大圆尽我的力量。

月，对着你，我还能说些什么呢？你真是一面浩浩天地间高悬的明镜，让我看见了这个世界，看见了我自己，但愿你在天地间长久，但愿我的事业永存。

又上白云山

又上白云山，距前一次隔了二十五年。

那时是从延安到佳县的，坐大卡车，半天颠簸，土眯得没眉没眼，痔疮也犯了，知道什么是荒凉和无奈。这次从榆林去，一路经过方塌、王家砭，川道开阔，地势平坦，又不解了佳县有的是好地方，怎么县城就一定要向东，东到黄河岸边的石山上？到了县城，城貌虽有改观，但也只是多了几处高楼，楼面有了瓷贴，更觉得路基石砌得特高，街道越发逼仄，几乎所有的坎坎畔畔没有树，却挤着屋舍，屋舍长短宽窄不等，随势赋形，却一律出门就爬磴道，窗外便是峡谷。喜的是以前城里很少见到有人骑自行车，现在竟然摩托很多，我是在弯腰辨认峭壁上斑驳不清的刻字时，一骑手呼啸而过，惊得头上的草帽扶风而去，如飞碟一样在峡谷里长时间飘浮。到底还是不晓得县体育场修在哪儿，打起篮球或踢足球，一不小心会不会球就掉进黄河里去呢？县城建在这么陡峭的山顶上，古人或许是考虑了军事防务，或许是为了悬天奇景，便把人的生活的舒适全然不顾及了。

其实，陕北，包括中国西部很多很多地方，原本就不那么适宜人的生存的。

遗憾的是中国人多，硬是在不宜于人生存的地方生存着，这就是宿命，如同岩石缝里长就的那些野荆。在瘠贫干渴的土地上种庄稼，因为必定薄收，只能广种。人也是，越是生存艰辛，越要繁衍后代。怎样的生存环境就有怎样的生存经验，岩石缝里的野荆根须如爪，质地坚硬，枝叶稀少，在风里发出金属般的颤响。而在佳县，看着那腰身已经佝偻，没牙的嘴嚅嚅不已，仍坐在窑洞前用刀子刮着洋芋皮的老妪，看着河畔上的汉子，枯瘦而孤寂，挥动着镢头挖地的背影，你就会为他们的处境而叹吁，又不能不为他们生命的坚韧而感动。

为什么活着，怎样去活，大多数人并不知道，也不去理会，但日子就是这样有秩或无秩地过着，如草一样，逢春生绿，冬来变黄。

确实在一直关注着陕北。曾倏忽间，好消息从黄土高原像风一样吹来：陕北富了，不是渐富，是暴富，因为那里开发了储存量巨大的油田和气田。于是，这些年来，关于陕北富人的故事很多。说他们已经没人在黄土窝里蹦着敲腰鼓了，也没人凿那些在土炕上拴娃娃的小石狮子和剪窗花，那虽然是艺术，但那是穷人的艺术。现在的他们，背着钱在西安大肆购房，有一次就买下整个单元或一整座楼，有亲朋好友联合着买断了某些药厂，经营了什么豪华酒店。他们口大气粗，出手阔绰，浓重的鼻音成了一种中国科威特人的标志。就在我来陕北前，朋友就特别提醒路上要注意安全，因为高速公路上拉油拉气的车多，他们从不让道，也不减速。果然是这样，一路上油气车十分疯狂，就发生了一起事故。在收费站的通道里，一辆小车紧随着一辆油车，可能是随得太紧，又按了几声喇叭，油车司机就不耐烦了，猛地把车往后一倒，小车的前盖立即就张开了来。

二十五年后再次来到陕北，沿途看了三个县城四个镇子，同行的朋友惊讶着陕北财富暴涨，却也抱怨着淳朴的世风已经逝去。我虽有同感，却也警惕着：是不是我们心中已有了各种情绪，这就像我们讨厌了某个导演，而在电影院里看到的就不再是别人拍的电影，而是自己的偏见？

这也就是我之所以急切地来陕北，决定最后一站到佳县的原因。

但是我没有想到在佳县，再也没有见到坡峁上或沟畔里有磕头机，也再没遇到拉油拉气的车，佳县依然是往昔的佳县。原来陕北一部分地下有石油和天然气，一部分地方，包括佳县，他们没有。除了方塌和王家砭那个川道今年雨水好，草木还旺盛外，在漫长的黄河西岸，山乱石残，沟壑干焦，你看不到多少庄稼，而是枣树。佳县的枣数百年来就有名，现在依然是枣，门前屋后、沟沟岔岔都是枣树，并没多少羊，错落的窑洞口有几只鸡，砭道上默默地走动着毛驴。

生存的艰辛，生命必然产生恐惧，而庙宇就是人类恐惧的产物，于是佳县就有了白云观。

白云观在白云山上，距城十里，同样在黄河边，同样山巅结构，与佳县县城耸峙。是佳县县城先于白云观修建，还是修建县城的时候同时修建了白云观，我没有查阅资料，不敢妄说，但我相信白云观是一直在保护和安慰着佳县县城，佳县县城之所以一直没有搬迁，恐怕也缘于白云观。

上一次来白云观，在佳县县城的一家饭馆里喝了两碗豆钱稀饭，饭稀得照着我满是胡楂儿的脸，漂着的几片豆钱，也就是在黄豆还嫩的时候压扁了的那种，嚼起来倒是很香。那时所有的路还是土路，我徒步沿黄河滩往下走，滩上就是大片的枣树，枣树碗粗盆粗的，是我从未见过的。透过枣树，黄河就在不远处咆哮，声如滚雷。我曾经到过禹门口下的黄河，那里厚云积岸，大水走泥，而这处在秦晋大峡谷中的黄河，你只觉得它性情暴戾，河水翻卷的是滚沸的铜汁。行走了一半，一群毛驴走来，毛驴没人鞭赶，却列队齐整，全是背上有木架，木架上缚着两块凿得方正的石块。后来才知道这是往白云山上运送修葺庙宇的石料了。佳县的山水原本使人性情刚硬，使强用狠，但佳县人敬畏神明，怀柔化软，连毛驴也成了信徒，规矩地无人鞭赶往山上运石。我当下感慨不已。我们就跟着毛驴走，走过一个时辰，忽峡风骤起，草木皆伏，却见天上白云纷乱，一起往山头聚集，聚集成偌大的一堆白棉花状，便再不动弹。在佳县县城就听说白云山上有非常之景色和非常之灵异，而峡谷风起，山开白云，确实使我叹为观止。沿途右面都是悬崖峭壁，藤蔓倒挂，危石历历，但到一处，山弯环拱左右，而正中突出一崖，就在那孤峻如削的崖头上垂下一条磴道。我初以为那是流水渠或从黄河里往山上抽水的水泥管道，而毛驴们一字儿排着从磴道上爬了上去，我才知道白云山到了，这条磴道就是白云观的神路。

天下好山上多有庙宇，而道教从来最神秘玄妙。中国传统文化里，比如中医、风水、占卜，其确实有精华灿烂，却也包裹了许多夸大其词故弄玄虚的东西，道家更不例外，往往山门分别，华山上的崆峒山上的观前磴道就已经十分险峻，但全然没这条神路窄而陡。入观先登神路，是神爱走奇特之道，还是拜神须极力攀登，这让我想到佳县县城的建筑正是受了道教的启迪吧。

这次重上神路，神路上还有十多人，以衣着和气质而看，有官员有商人有农夫和船工，都拿着香烛纸裱，他们都是要去观里祈祷升官发财保重身家。这天并没有云雾，神路的台阶干净明显，但上到一半，只觉路在移动，人也头晕目眩起来。终于上到神路顶的石牌坊下坐歇，正如碑文上所写：足下青石铺地，头上白云连天，红日出没异常，黄河奔流不息，四望之，而秦峦晋峰为禅者坐蒲团，虽万千年不而重位也。一块儿走上神路的官员，那位眉宇间透着一股精明气的中年人，他异常兴奋，冲着我说："这神路应该叫青云！"我回应着他："好！"我知道他在抒发着青云直上的得意，但他继续往头天门爬去，我却觉得叫青云德路为好。

山脊仍然在凸着，白云观的建筑开始递进而上，头天门，二天门，三天门，四天门，天门重重开启，倒疑惑怎么没建九天门呢，九天门多好，九重天，上到山顶，任何人都可以做神仙了。记得上次来时，正逢庙会，秦晋蒙宁香客云集，满山人群塞道，诸庙香火腾空，我第一次听说佳县的旅游局、文物局就都设在观里，每年观里的收入竟占了全县财政收入的一半。这话当不当真，我未落实，但站在石阶上乞讨的人很多，虽上山的人每次只掏出二分五分的零钱，我询问一个乞者一天能收入多少，回答竟然是三十元，在当时真是个惊人的数目。这次上山，并不逢庙会，香客仍然不少，各天门前的石级上时不时人多得裹足不前。石级外就是松树，树下花草灿然，有人从石级上挤了下去，凑近那些花朵闻闻，不敢动手，因为几十米就有一个牌子，上书：花木睡觉，且勿打扰。有趣是有趣，可大白天里花木睡什么觉呀。民间有传说：今生长得漂亮，前世给神灵献过花。而这些花木沿道两旁开放，那也是为神灵而灿烂，怎么是睡觉了呢？

大概数了一下，白云观有庙宇五十余座，各类建筑近百处，这与上次来时恢复了不少，且又大多重新修葺。纵目看去，景随山转，山赋庙形。跟着香客穿庙群之中，回环萦绕，关圣庙、东岳殿、五祖、七真、药王、痘神、玉皇阁、真武殿、三宫、马王、河神、山神、五龙宫、真人洞，各路神灵，各得其位。到处有石碑，驻足咏读，差不多见历代历朝、世世代代翻修维护的记载。神灵是人类创造出来的，神灵又产生了无比的奇异，人便一辈一辈敬奉和供养，给了人生生不息的隐忍和坚强。

庙堂里神威赫赫，凡进去的人都敛声静气，焚香磕头，我当然在叩拜之列，敬畏地看着那些石雕泥胎。佛教道教是崇拜偶像的，这些石头泥巴一旦塑成神像它就有了其魂其灵，也就是神气，这如同官做久了身上就有了威一样。白云观自明朱翊钧皇帝亲赐《道藏》四千七百二十六卷，毛泽东主席又两次登临后，声名大震，观里神奇的故事就广为流布。在陕北，我们常常惊叹那些窑洞不但宜于人的居住，其一面山放眼而去，尽是排排层层的窑洞，震撼力绝不亚于一片楼群的水泥森林。人的饮食、居住、语言、服饰都是与生存的自然环境有关，陕北的窑洞其实也是没有木头所致的创造，但白云观如此浩大的建筑群，这些木头又是从哪儿来的呢？观里的道士提起这事就津津乐道，说当年玉凤真人到此，露坐石上，寒暑不侵，每夜山头放光，土人便想筑建坛宇，偏就这一夜黄河里有大木漂浮而至。这样的传说在别的地方也有，河西的嘉峪关城堞修建时，便也是一夜风刮砖至，待修好城堞，而仅仅剩下一页砖。面对着众多殿宇，我无法弄清最早的建筑是哪一座，而这建筑数百年复修，原来的木头还剩下几根？我遗憾在藏经阁里没有看见西南梁栋上的灵芝，那可是佳县人宣传白云观最有名的故事。说是《道藏》存入藏经阁后，有州牧卢君登阁眺望，忽见西南梁栋上挺生灵芝九茎，五色鲜明，光艳夺目。想起甘肃的崆峒山上有悬天洞，历史上凡是有大贵人去，洞里必有水出。据说有一年肖华将军去了山上，和尚道士都跑到洞下看出水的奇观，结果滴水未见。我笑着说："九茎灵芝或许大贵人能见，我不能见，或许有慧根的人能见，我不能见。"自嘲着出了阁，去那真人一指顾间顿令清泉涌出而今称神水池舀水喝，果然是水与石槽相齐，多取之不见少，寡取亦未尝溢出。离开神水池，我便去真武大殿焚香，又抽了一签。白云观的签灵验，早已是天下皆知，最有名的例子就是毛泽东主席在一九四七年农历九月九日抽出一签，结果不久就离开陕北去西柏坡，又不久进京，中国的历史从此翻开了一页。开心的是，我把签抽出，道士问："哪一签？"我说："四十三签。"道士愣了一下，喜欢叫道："日出扶桑，和毛主席抽的同一个签。"签每日被无数人抽过，和毛主席抽的同一个签的人肯定多多，但这一签对于我毕竟是一个庆祝。出了大殿，装好签谱，想今日的陕北，要穷就穷得要命，要富却富得流油，穷人和富人都来这里焚香敬神，于是神灵就以此大而化之，平衡谐和。富人有的是钱，听说早些年里，内蒙古和宁夏的香客骑马而来，朝拜之后，钱袋捐空，马匹留下，只身返回，而今更有吴旗、志丹、府谷、神木一带的贩油暴富的人，或者山西太原一带的煤大王，动辄来这里捐献巨资，或修一座桥，立一个石牌楼。他们有的是钱，但他们需要平安，需要好好的身体和快乐。这就像害胃病的人来求医，医生完全可以一次看好他，却看了多年，花去了许多钱，医生说："他很有钱，需要一个胃病，而我一直在帮助他。那些贫穷苦愁的人来这里，他们的人生积累了太多的痛苦，需要带着明日的希望来生活，烧一炷高香，抽一个好签，其生命的干瘪的种子就又发芽了。"一直在殿前院子里帮香客点燃香烛的那个老头，衣衫破旧，形容枯槁，但总是笑笑的，一脸天真。他见我出来，恭喜我抽了好签，说："你要信哩！"我们就交谈起来，他说他是佳县城北山沟里的人，五年前害病了，病得很重，又没钱去看医生，家里把棺材都做好了。就这么等着死的时候,有人建议他来观里敬神,他就来了,以后每隔一天来一趟,结果病有了起色,越来越好,现在病竟然没了,他便还来,帮着香客点燃香烛,清洁观里的垃圾。我没有问他到底患了什么病,也没有揭穿有些病只要把思想从病上转移,心系一处抱着希望,又不停地上山活动,时间一长病也就消除了,但我说:"要信哩,人活在世上一定要信点儿什么的。"

天色向晚,我是得离开白云观了,离开前登上了魁星阁。魁星阁在山之巅,可以拍摄山的俯瞰图,却遗憾这次来未能目睹云漫庙宇的景观。但是,连我也没想到,就在出了魁星阁,山巅之后的空中竟有一片云飘来,先是带状,后成方形,中间空虚,而同时在整个山脊两侧的沟壑里也有薄雾如潮涨起,花木牌楼顿时缥缈,数分钟后,山头上空聚起一堆白云,白得清洁而炫目。

我永远记住了,白云是白云山的一个开花。

大洼地一夜

我不敢忘记大洼地的一夜。

那是一九七九年的冬天,我跟着老于去打猎,一直到了秦岭深处。第三天里,一只皮毛极好的狐狸被我们打伤,却不肯倒下,我们便追了半天,黄昏的时候,翻过一座山梁,狐狸竟不见了。不能赶回去,我们便决定到山沟里的树林子去寻些干柴,要在梁畔里取暖过夜了。这当儿,月亮已经上来,雪地上一片白亮,我们一直向林子里走,来到了一块大洼地里。

大洼地的雪比山梁上厚多了,脚踩下去,就没了腿肚,走起来很是艰难。秋天的枯草全倒伏着,偶尔有一撮两撮露出还绣着白毛穗的茎尖,但冰得坚硬,一撞就脆折了。一切树木,几乎都是一搂粗的、两搂粗的百年物,叶已落尽,枝丫如爪一样扭曲,每一截曲处,每一个疤上,都驻着落雪,月光下黑森森地亮着点点白光,像怪兽的眼。枯朽的原木横七竖八地倒在地上,一半被雪埋着,一半斜仄着,满身的木耳和苔叶,茸茸的像长了毛似的。我们站在一棵枯了半边的古木下,不知道这洼地到底多么大,秃树过去,是一片黑黝黝的松柏,呈现着一个挨一个三角形状的小山模样,后边便是一片灰色,再后去,全然一个白色,什么也无法分辨了。

我们小心翼翼地站了一会儿,一时觉得身骨瘦起来,而且特别冷,赶忙就低头寻着干柴。干柴倒容易找,只要拖出一截枯木来,立即就能扳下一堆干枝,雪虽然在埋着,却干得很脆,发出嘎喇喇响声。很快集起一个大堆,我们拼足了全部力气,每人扛起了一大捆。站起来,小腿就哗哗地颤,扶定一棵树往上看,望不见树顶,我第一次感到我们太渺小了,简直像一片树叶。低头看洼地这么多干柴,我们尽一切力量,而充其量不过拿走微不足道的一点儿,又觉得像蚂蚁在粮仓里拖走一粒小米一样可怜。

我们开始向前挪步,便发现什么路也没有,也看不见任何走过的痕迹。一切都静下来,像死了一般可怕。这是一块从未有人来过,也从未有人知道的地方吗?难道我们的突然到来,不速之客使这个世界惊讶了?但我们立即恐惧起来,觉得正是这种寂静是有着什么目光在盯视着我们的一举一动,同时便听到了自己的呼吸声和每一脚起落的沙沙声。

霎时间我们全慌了,扛了柴捆急急往出奔走。但糟糕的事发生了!我们一时竟不知了归路,从一棵树下蹚雪到另一棵树下,又到另一棵树下……跌了几跤,转来拐去,约莫半个小时过去了,最后发觉又转到刚才转到的树下。"中了迷糊鬼了!"我叫了起来,老于也吓呆了,两个人丢下柴捆,我喊一声"喂!"他喊一声"喂!"四面便起了"喂、喂"的回声。我们再不敢叫,洼地里又死一般寂静了。

"快划一根火柴!"我记得老年人曾说夜里行走会遇到这种迷糊鬼的,只要有火光,才会清醒过来。

老于把火柴划亮了,一团放射的光焰里,一切月色黑影都退却了,洼地里什么也看不清。我们就靠在一起,划掉一根,又划掉一根,十几根火柴划完了,我们冷静下来,终于看清来时的那棵枯了半边的古木,才手拉手从那里爬上山梁了。

回到梁畔,再不觉得冷,只感到离奇。我说还真有迷信呢,老于说,这是精神作用,划了火柴,是自己给自己壮了胆的。他说得有道理,我却晦气起这次出猎了:明明打伤了一只狐狸,但突然追过山梁就不见了!辛辛苦苦又在洼地里寻着了干柴,但却一根也未拿回来!这洼地是什么地方呢,我们常进深山打猎,可这样的洼地从未见过,难道这里是从未开发的元气混沌的天地大自然的真正一隅?!

"大自然于人是多么不可知啊!"我说。

老于却笑了,连声叫起妙来:"知道了大自然于人不可知,正是我们从此可知大自然了。"

"啊,神秘的大自然!""不,神秘的应该是人呢。""人?可是,我们在大洼地里什么也没有得到啊!""但我们的脚印不是从此留在那里了吗?"

夜在云观台

三年前，我从学校毕了业，莽撞撞入了社会，经了好多世事，人情却未练达，心便怏怏起来。在家读了些摩诘的书，只是一心儿恋那山水，便借着休假日期，自往丹江泛舟而游。到了山阳县，听得有一处胜地，便打问路径，一路寻着逍遥去了。

先是逆着鲁羊河而上，河面很宽，水没过膝盖，两岸杨柳如堵墙一般，间或空出一段，看见岸上人家：一幢竹楼，半匝篱笆，有鸡的几声细吟。走上半天，河水愈来愈浅，人家也见得稀少，末了，绿树围合了河面，只有一道净水从树下石板上流出，旋着轮状，自生自灭。眼见得天色晚下来，心想有胜地必有人家，便信步走去觅宿。

进了绿树林子，在浅水中的石头上跳跃着走了一气，便见有了一条道路，道路两边不再是杨柳，挤满了竹，粗者碗口粗，细者恰有一握，出奇地都是出地一尺，便拐出一个弯来，然后端端往上钻去。时有风吹过来，一声儿瑟瑟价响，犹如音乐从天而降。竹林过去，便见一座石山梁，山梁赤裸，不长一棵树木，也没一片草皮，沿山梁脊背凿着一带石阶。阶宽六寸，刚好放下脚面，阶距却一尺，步登一阶有余，跨两阶不足，须是款款慢上，不敢回头下看。这么上不到一半，便气喘吁吁，骇怕得起了一身的鸡皮疙瘩。

好容易登到最后一阶，软坐下来，小腿还在抖抖跳动不已，正感叹天地造物奇特，倏忽听得有什么响动，时而似云外闷雷，时而又觉在身下，四下看时，才见东西山梁两边，各有了两渠水悠悠去了。源头正从山湾后而来，在这山梁下凿分洞而过，水色翻白，山梁后侧刻着斗大的隶书：滚雪。

一时倒忘了疲倦，我踏着源头走去，山势陡然窄得多了，拐过又一弯处，竟是一大潭渊。水青得发黑，幽幽的如一泓石油。潭上有一架大拱桥，弯弯地撑着两边山崖，像是一把张口钳，又像是一张拉紧的弓，似乎稍一松动，那山崖便要合拢。走上桥去，立即看见水里有了黑影，像在上镜中的梯子，愈往上走，那黑影愈拉得长，风动波起，那桥那人就在潭底晃动，自觉脚下的桥面也在动了，再不敢挪步。

我大惊失色，立在桥上，听山鸟在两边林里喧闹，偶尔一条两条鱼跃起，在水面上打得啪啪响，愈觉得静得可怕了。山色更暗起来，山根有了雾，先是一抹，接着繁衍成一个带状，霎时间爬上桥头。我一时不知何处有着人家，忽见潭上边的一块巨石上，端坐了一位老者：盘脚搭手，垂钓静观。我忙叫了几声，那老者竟不应不动。

我慌忙跑过拱桥，随那边一条小路跑去，却见眼前兀然一座大坝，尽是大块青石砌起，两边又是杨柳青竹，只有风声竹声树声。我站在那里，茫然不知所措。我悔不该一个人竟到了这里，实在是太可怕了！顿时周身冷汗，头发一根根竖了起来，拔腿又往回路跑去，却见林中路分出几条岔道，奔来拐去，自不辨了东南西北。

忽在远处，有了一点光亮，忙跑近一看，才发现是一处院落，门掩着，后屋的台阶上，有人在灯下剖鱼——正是那垂钓的老者呢。

"老伯！"我站在他的面前问，"这是什么地方？"

老者抬头看看，用手指着耳朵，示意耳朵不灵了。我大声又说了一遍，老者叫着："这便是云观台啊！"

云观台是风景胜地，如何没有游人，又如何没有什么人家？我大声问一句，老者答一句，好不容易才弄明白：这里是云观台水库，五年前建成的，守库人一共四个，今早到县上办事，去了三人，明日方能返回，就剩下这眼花耳聋的老者了。老者知道我远路而来，就安顿我在东厢房里住下，又沏了一壶茶，说："这是山上产的雀舌茶，煮的是这水库的水，你尝尝，味儿不错呢。"

我打开茶碗盖，果然一层白气，吹了一口，白气散去，水面上显出皱皱的纹痕。那雀舌浮在碗中，不漂也不沉，色并不浓，一股清香钻进鼻来。呷过一口，满嘴醇甘，我连声赞好。老者笑而不语，又剖他的鱼去了。

"喝完，好生睡吧。明日尝尝我们水库里的鱼。"

我独坐在房里品茶。新月初上，院里的竹影就投射在窗纸上，斑斑驳驳，一时错乱，但竿的扶疏，叶的迷离，有深，有浅，有明，有暗，逼真一幅天然竹图。我推开窗便见窗外青竹将月摇得琐碎，隔竹远远看见那潭渊，一片空明。心中就又几分庆幸，觉得这山水不负盛名，合该这里没有人家，才是这般花开月下，竹临清风，水绕窗外，没有一点儿俗韵了。

我没了睡意，挑帘儿走了出来，老者还在剖鱼，我便对他夸道这地方绝妙，恨不能长住这里，看雾聚雾散，观花开花落，浪迹山水，乐得悠然。老者先是含笑，再是不语，末了狐疑起来，说："照你这等心绪，这山水也会使你厌烦的哩！"

"哪里，住在这里，就不开会了。"

"还有什么好处？"

"起码不多和人打交道吧。"

老者突然呵呵大笑起来："年轻人，你要知道，人是合群的，是热闹的，是鱼就应该到海里去，是虎就应该到林里去，要不，虎也要成了犬呢！"老者说完，又呵呵大笑不已，我却无言可答。老者端了灯，提着剖好的鱼进房里去了，院子里还留着那笑的余音，老者在房里又说道："年轻人，要说这云观台风光，你还没有到那最绝的地方去呢，凭这夜色，你去那大坝上看看吧，那儿更是没个人影，才是清静哩！"

我突然想起了来时的惊恐，猜想那大坝之上，湖水浩渺，万籁俱寂，是何等可怕的境界，心里便怯了许多。

老者又走了出来,站在月光下说:"你去看看大坝里的水也好哩,那里边蓄了上百万个立方的水,静得落个树叶也能听见。可水蓄在这里,为的就是流下山去,水都恋着山下的田地庄稼,何况人呢,你要寻什么,又要想摆脱些什么?你走到哪儿,不是脚下都带着影子吗?你走了一路,哪一夜月亮不相随着你呢?"

我蓦然有些醒悟了,刹那间感觉到了我的幼稚、我的浅薄、我的可笑。我真想走过去握住老者的手,叫他一声"老师",脚下却挪不开来,一股热辣辣的东西涌上脸面,只见那身后的竹帘影儿,静静地垂在新月里,那老者的笑声徐徐地浮动着,悠悠远去了……

地下动物园

陇南有一个去处:山有灵气,水有精光,百十亩地面,沟沟岔岔长满了竹。天晴绿得深沉,遇风,则满世界泠泠音韵。自然就大兴土木,筑楼建亭,幽然然地办起了一个疗养所。于是,各界俊才名人,每年就度夏避暑而来,很是热热闹闹的了。

在竹林深处,却有了一条不大不小的浅沟,没有竹子,也没有一棵端端的树。杂乱无章的是些野荆,枸子居多,棠梨次之,更有那些酸枣、鸡骨头木。这些野荆,都长得极慢,叶子稀稀落落的没有颜色,一人来高便显出枯老,疙疙瘩瘩的难看。美丽的竹林地竟有了这条沟,实在是太煞风景了。

疗养所的人就动手改造了,先放火烧了那沟,然后用镢开挖,想方设法植些竹子,或者种些花草。但是这野荆根系却意想不到地发达,在地下错综复杂纠缠在一起,整整好多天过去了,还没有清理出多少地方来,只好作罢。封了沟口,从此绝了外人参观。

挖出的那些树根就堆放在沟口，一时却无法处理：因为山地烧柴到处都是，没人肯费体力用斧子去劈它。也曾用火再烧，但又都燃不起来。只有盼望发一次洪水，将这些树根冲去吧。

但是，几年之间，并没有发生洪水，那树根依然堆在那里，奇怪地竟没有腐朽。那沟自烧后，一片黑秃，鸟儿再不飞来，兔儿再不窜来，虽后来也慢慢又有叶生，又有果结，但叶生叶枯，果结果落：被人遗弃，越发荒寂不堪了。

这年夏日，疗养所来了一位画家，很老很老的年纪。一天到山岔里去写生，已经是黄昏了，转到这条沟，突然就吓倒了：远远的地方，爬着，卧着，立着，仄着一堆飞禽走兽！但那些动物却并未走散，甚至动也未动。他定睛看时，不禁哑然失笑了，原来这竟是那堆树根。但他立即惊喜若狂，背了好多树根回到宿舍，用锯子截截，用凿子刻刻，那些树根顿时真的就成了一只咆哮的虎，一只酣睡的牛，或者是一只栖枝的鸟，或者是一只望月的羊。

这事轰动了陇南地面，说这老画家有化腐木为神奇之巧功。老画家从此也没有走，随后又来了相当多的人，就开始开挖这条浅沟了。开挖得十分仔细，大凡树根，一律视为珍宝，果然几经雕琢便成动物。于是，很快这里就修了厅房，办起了工艺美术厂，那些飞禽走兽摆满了大厅，列为珍品，供人观赏，而且这条不大不小的浅沟也被保护了起来。一时消息传开，声名大振，大批大批的人来参观，疗养所从此没了荣誉，远远近近却都知晓这个"地下动物园"了。

　　这地下动物园办了一个很可观的展览,那展室前言里,详细记载了这块地方的发现和开发,末了写道:杂木野荆,它们不像绿竹那样争荣地面,它们正是无争于地上色彩,却用功于地下形体。它们久久地被人遗弃了,但是,荒寂而不自弃,冷落而不无用,它们是一群凝固的生命,它们是天然的艺术。可怜它们却被深深地埋在了地下,只是一天天,一年年在期待着人去开发,去挖掘呢。

商州又录

小序

去年两次回到商州,我写了《商州初录》。拿在《钟山》杂志上刊了,社会上议论纷纷,尤其在商州,《钟山》被一抢而空,上至专员,下至社员,能识字的差不多都看了,或褒或贬,或抑或扬。无论如何,外边的世界知道了商州,商州的人知道了自己,我心中就无限欣慰。但同时悔之《初录》太是粗糙,有的地名太真,所写不正之风的,易被读者对号入座;有的字句太拙,所旨的以奇反正之意,又易被一些人误解。这次到商州,我是同画家王军强一块旅行的,他是有天才的,彩墨对印的画无笔而妙趣天成。文字毕竟不如彩墨了,我只仅仅录了这十一篇。录完一读,比《初录》少多了,且结构不同,行文不同,地也无名,人也无姓,只具备了时间和空间,我更不知道这算什么样的文体,匆匆又拿来求读者鉴定了。

商州这块地方,大有意思,出山出水出人出物,亦出文章。面对这块地方,细细做一个考察,看中国山地的人情风俗、世时变化,考察者没有不长了许多知识,清醒了许多疑难,但要表现出来实在是笔不能胜任的。之所以我还能初录了又录,全凭着一颗拳拳之心。我甚至有一个小小的野心:将这种记录连续写下去。这两录重在山光水色、人情风俗上,往后的就更要写到新中国成立以来各个时期的政治、经济诸方面的变迁在这里的折光。否则,我真于故乡"不肖",大有"无颜见江东父老"之愧了。

一

最耐得寂寞的,是冬天的山,褪了红,褪了绿,清清奇奇的瘦,像是从皇宫里走到民间的女子,沦落或许是沦落了,却还原了本来的面目。石头裸裸地显露,依稀在草木之间。草木并没有摧折,枯死的是软弱,枝柯僵硬,风里在铜韵一般的颤响。冬天是骨的季节吗?是力的季节吗?

三个月的企望,一轮嫩嫩的太阳在头顶上出现了。

风开始暖暖地吹,其实那不应该算作风,是气,肉眼儿眯着,是丝丝缕缕的捉不住拉不直的模样。石头似乎要发酥呢,菊花般的苔藓亮了许多。说不定在什么时候满山竟有了一层绿气,但细察每一根草,每一枝柯,却又绝对没有。两只鹿,一只有角

眼前无一物

黎明喊我起床

的和一只初生的,初生的在试验腿力,一跑,跑在一片新开垦的田地上,清新的气息使它撑了四蹄,呆呆的,然后一声锐叫,寻它的父亲的时候,满山树的枝柯,使它分不清哪一丛是老鹿的角。

山民挑着担子从沟底走来,棉袄已经脱了,垫在肩上,光光的脊梁上滚着有油质的汗珠。路是顽皮的,时断时续,因为没有浮尘,也没有他的脚印。水只是从山上往下流,人只是牵着路往上走。

山顶的窝洼里,有了一簇屋舍。一个小妞儿刚刚从鸡窝里取出新生的热蛋,眯了一只眼儿对着太阳耀。

二

这个冬天里,雪总是下着。雪的故乡在天上,是自由的纯洁的王国。落在地上,地也披上一件和平的外衣了。洼后的山本来也没有长出什么大树,现在就浑圆圆的,太阳并没有出来,却似乎添了一层光的虚晕,慈慈祥祥的像一位梦中的老人。洼里的梢林全覆盖了,幻想是陡然涌满了凝固的云,偶尔的风间或使某一处承受不了压力,陷进一个黑色的坑。却也是风,又将别的地方的雪扫来补缀了。只有一直走到洼下的河沿,往里一看,云雪下是黑黝黝的树干,但立即感觉那不是黑黝黝,是蓝色的,有莹莹的青光。

河面上没有雪,是冰。冰层好像已经裂了多次,每一次分裂又被冰住，明显着纵横横的银白的线。

一棵很丑的柳树下，竟有了一个冰的窟窿，望得见下面的水，是黑的，幽幽的神秘。这是山民凿的，从柳树上吊下一条绳索，系了竹筐在里边，随时来提提，里边就会收获几尾银亮亮的鱼。于是，窟窿周围的冰层被水冲击，薄亮透明，如玻璃罩儿一般。

山民是一整天也没有来提竹筐了吧？冬天是他们享受人伦之乐的季节，任阳沟的雪一直涌到后墙的檐下去，四世同堂，只是守着那火塘。或许，火上吊罐里，咕嘟嘟煮着熏肉，热灰里的洋芋也熟得冒起白气。那老爷子兴许喝下三碗柿子烧酒，醉了。孙子却偷偷拿了老人的猎枪，拉开了门，门外半人高的雪扑进来，然后在雪窝子里拔着腿，无声地消失了。

一切都是安宁的。

黄昏的时候，一只褐色的狐狸出现了。它一边走着，一边用尾巴扫着身后的脚印，悄没声地伏在一个雪堆上。雪堆上站着一只山鸡，这是最俏的小动物了，翘着赤红色的长尾，欣赏不已。远远的另一个雪堆上，老爷子的孙子同时卧倒了，伸出黑黑的枪口，右眼和准星已经同狐狸在一条线上……

三

西风一吹，柴门就掩了。

女人坐在炕上，炕上铺满着四六席，满满当当的，是女人的世界。火塘的出口和炕门接在一起，连炉沿子上的红椿木板都烙腾腾的。女人舍不得这份热，把粮食磨子都搬上来，盘腿正坐，摇那磨拐儿，两块凿着纹路的石头就动起来，呼噜噜一匝，呼噜噜一匝。"毛儿，毛儿"，她叫着小儿子。小儿子刚会打能能，对娘的召唤并不理睬，打开了炕角的一个包袱，翻弄着五颜六色的、方的圆的长的短的碎布头儿，玩腻了，就来扑着娘的脊背抓。女人将儿子抱在从梁上吊下来的一个竹筐子里，一边摇一匝磨拐儿，一边推一下竹筐儿。有节奏的晃动，和有节奏的响声，使小儿子就迷糊了。女人的右手也乏疲了，两只手夹一个六十度的角，一匝匝继续摇磨拐儿。

风天里，太阳走得快，过了屋脊，下了台阶，在厦屋的山墙上磨蚀了一片，很快就要从西山崮上滚下去了。太阳是地球的一个磨眼吧，它转动一圈，把白天就从磨眼里磨下去，天就要黑了？

女人从窗子里往外看，对面的山头上，孩子的爹正在那里犁地。一排儿五个山头上，山头上都是地，已经犁了四个山头，犁沟全是由外往里转，转得像是指印的斗纹，五个山头就是一个手掌。女人看不到手掌外的天地。

女人想：这日子真有趣，外边人在地里转圈圈，屋里人在炕上摇圈圈。春天过去了，夏天就来；夏天过去了，秋天就来；秋天过去了，冬天就来。一年四季，四个季节完了，又是一年。

天很快就黑了，女人溜下炕生火做饭。饭熟了，她一边等着男人回来，一边在手心唾口唾沫，抹抹头发。女人最爱的是晚上，她知道，太阳在白日散尽了热，晚上就要变成柔柔情情的月亮的。

小儿子就醒了，女人抱了她的儿子，倚在柴门上指着山上下来的男人，说："毛儿爹——叫你娃哟！——哟——哟——"

"哟——哟——"，却是叫那没尾巴的狗的，因为小儿子屎拉下来了，要狗儿来舐屎的。

四

初春的早晨，没雪的时候就有着雾。雾很浓，像扯不开的棉絮，高高的山就没有了吓人的谗石。山弯下的土原上，梢林也没有了黝黝的黑光。河水在流着，响得清喧喧的。

河对岸的一家人，门拉开的声很脆，走出一个女儿，接着又牵出一头毛驴走下来。她穿着一件大红袄儿，像天上的那个太阳，晕了一团，毛驴只显出一个长耳朵的头，四个蹄腿被雾裹着。她是下到河里打水的。

这地面只有这一家人，屋舍偏偏建得高，原本那是山嘴，山嘴也原本是一个囫囵的石头，石头上裂了一条缝，缝里长出一棵花栗木树。用碎石在四周帮砌上来，便做了屋舍的基础。门前的石头面上可以织布，也可以晒粮食。这女儿是独生女，二十出头，一表人才。方圆几十里的后生都来对面的山上，山下的梢林里，割龙须草，拾毛栗子，给她唱花鼓。

她牵着毛驴一步步走下来，往四周看看，四周什么却看不清，心想：今日倒清静了！无声地笑笑，却又感到一种空落。河上边的木板桥上，有一鸡爪子厚的霜，没有一个人的脚印。

在河边，她蹴下了，卸下了毛驴背上的木桶，一拎，水就满了，但却不急着往驴背上挂，大了胆儿往河那边的山上、原上看。看见了河水割开的十几丈高的岸壁，吃水线在雾里时隐时现。有一棵树，她认得是冬青木的，斜斜在壁上长着。这是一棵几百年的古木，个儿虽并不粗高，却是岸上塬头上的梢林的祖爷子。那些梢林长出一代，砍伐了一代，这冬青还是青青地长着，又孕了米粒大的籽儿。

她突然心里作想：这冬青，长在那么危险的地方，却活得那么安全呢。

于是，也就想起了那些唱给她的花鼓曲儿。水桶挂在毛驴背上，赶着往回走，走一步，回头看一下，走一步，再回过头来。雾还没有退，桥面上的霜还白白的。上斜坡的时候，路仄仄地拐"之"字形，她却唱起一首花鼓曲了：

> 后院里有棵苦李子啊，小郎儿哟，
> 未曾开花，亲人哪，
> 谁敢尝哎，哥呀嗳！

五

秋天里,什么都成熟了,成熟了的东西是受不得用手摸的,一摸就要掉呢。四个女子,欢乐得像风里的旗,在一棵柿树上吃蛋柿。洼地里路纵纵横横,似一张大网,这树就在网底,像伏着的一只大蜘蛛。果实很繁,将枝股都弯弯地坠下来,用不着上树,寻着一个目标,那嘴轻轻咬开那红软了的尖儿,一吸,甜的香的软的光的就会到肚子里。只需再送一口气去,那蛋柿壳儿就又复圆了。末了,最高的枝儿上还有一颗,她们拿石子掷打,打一次没有打中,再打一次,还是不中。

树后的洼地里,呜哇哇有了唢呐声,一支队伍便走过来了,这是迎亲的。一家在这边的山上,一家在那边的山上,家与家都能看见,路却要深入到这洼地,半天才能走到。洼地里长满了黄蒿,也长满了石头,迎亲的队伍便时隐时现,好像不是在走,是浮着漂着来的。前面两杆唢呐,三尺长的铜杆,一个碗大的口孔,拉长了喉咙,扩大了嘴地吹。后边是两架花轿,轿简易却奇特,是两根红桑碾杆,用红布裹了,上边缚一个座椅,也是铺了红布的,一走一颠,一颠一闪。新郎便坐了一架,新娘便坐了一架。再后边,是未婚的后生抬了柜,抬了箱,被子,单子,盒子,镜子。再后边是一群老幼。女人们衣服都浆得硬硬的,头上抹了油,一边交头接耳,一边拿崭新的印花手帕撩撩,赶那些追着油香飞的蜂。

吃蛋柿的女人忙隐身在树后,睁一只眼儿看,看见了那红桑木碾杆上的新娘，从头到脚穿得严严实实，眼睛却红红的，像是流过泪。吹唢呐的回头看一眼，故意生动着变形的脸面，新娘扑地笑了，但立即就噤住，脸红得烧了火炭。

一生都在山路上走，只有这一次竟不走路啊。被抬着，娘生她在这个山头上，长大了又要到那个山头上去生去养了。

村后的女子都觉得有趣，细嚼起来，却不知道这是怎么回事。

她们很快被迎亲的队伍发现了，都拿眼光往这里瞅。四个女子羞羞的，却一起仰起头儿盯那高枝儿上的蛋柿。她们没有用石子去打，蛋柿也没有掉下来。

迎亲队伍没有停，过去了。他们走过了一条小路，柿树下同时放射出的通往四面八方山头的小路上，便都有了唢呐的余音。

六

高高的山挑着月亮在旋转，旋转得太快了，看着便感觉没有动，只有月亮的周围是一圈一圈不规则的晕，先是黑的，再是黄的，再灰，再紫，再青，再白。洼地里全模糊了，看不见地头那个草庵子，庵后那一片桃林，桃林全修剪了，出地像无数的五指向上分开的手。桃林过去，是拴驴的地方，三个碌碡，还有一根木桩，现在看不见了，剪了尾巴的狗在那里叫。河里，桥空无人，白花花的水。

一个男人，蹲在屋后阳沟的泉上，拿一个杆杖在水里搅，搅得月亮碎了，星星也碎了，一泉的烂银，口中念念有词。接着就摸起横在泉口的竹管。这竹管是打通了节的，一头接在泉里，一头是通过墙到屋里的锅台上。他却不得进屋去。他已经从门口走过来，又走到门口去，心里痒痒的，腿却软得像抽了筋，末了就使劲敲门。屋里有骂他的声音。

骂他的是一个婆子，婆子正在搬弄着他的女人，女人正在为他生着儿子。他要看看儿子是怎样生出来的，婆子却总是把他关在门外。

"这是人生人呢！"

"我是男子汉，死都不怕呢！"

"不怕死，却怕生呢。"

他不明白，人生人还这么可怕。当女人在屋里一阵阵惨叫起来，他着实害怕了。他搅着泉水祈祷，他想跑过那桃林，一个人到河面的桥上去喊，他却没了力气，倒在木桩篱笆下，直眼儿只看着月亮，认作那是风火轮子，是一股旋风，是黑黑的夜空上的一个白洞。

一更过去，二更已尽，已经是三更，鸡儿都叫了，女人还在屋里嘶叫。他认为他的儿子糊涂，来到这个世界竟这么为难。山洼里多好，虽然有狼，但只要在猪圈上画白灰圈圈，它就不敢来咬猪了。这里山高，再高的山也在人的脚下。太阳每天出来，怕什么，只要脊背背了它从东山到西山，它就成月亮了。晚上不是还有疙瘩柴火烤吗？还有洋芋糊汤呢，你会有媳妇的。还有酒，柿子可以烧，苞谷也可以烧，喝醉了，唱花鼓。

女人一声锐叫，不言语了。接替女人叫的是一阵尖而脆的哇哇啼声。

门打开了，接生的婆子喊着男人："你儿子生下了，生下了！"催他进去烧水，打鸡蛋，泡馍。男人却稀软得立不起来。天上的月亮没有了，星星亮起来，他觉得星星是多了一颗。

"又一个山里人。"他说。

七

路到山上去，盘十八道弯，山顶上一棵栗木树下一口泉，趴下喝了，再从那边绕十八道弯下去。山的两面再没有长别的树，石头也很分散，却生满了刺玫，全拉着长条儿覆衍石上，又互相交织在一起。花儿却嫩得噙出水儿，一律白色，惹得蝴蝶款款地飞。

十八道弯口，独独一户人家，住着个寡妇。寡妇年轻，穿着一双白布蒙了尖儿的鞋，开了店卖饭。

公路上往来的司机都认识她，她也认识司机，迟早在店里窗内坐着，对着奔跑的汽车一抬手，车就停了。方圆三十里的山民，都称她是"车闸"。

山里人出到山外去，或者从山外回到山里来，都在店里歇脚。谁也不惹她，谁也没理由敢惹她。她认了好多亲家，当然，干儿子干女儿有几十，有本乡本土的，有山外城里的。为了讨好她，送给她狗的人很多；为了讨好她，一走到店前就唤狗儿喂东西吃。十几条狗都没有剪尾巴，肥得油光水亮。

八月里，店里店外，堆满了柿子、核桃、黄蜡、生漆、桐油。山民们都把山货背来交给她。她一宗一宗卖给出外来的汽车。店里说话的人多，吃饭的人少。营业的时间长，获取的利润短。她不是为了钱，钱在城乡流通着，使她有了不是寡妇的活泼，使一些外地来人都知道了她是寡妇。她不害羞，穿的那双有白布的鞋儿，整头平脸，拿光光的眼睛看人，外地来人也就把她这个寡妇知道了，也讨好地掰了干粮给那狗儿吃。也只有给狗儿吃。

满山的刺玫都开了，白得宣净，一直繁衍到店的周围。因为刺在花里，谁也不敢糟蹋花，因为花围了店屋，店里人总是不断。忽一日，深山跑来一只美丽的麝，从那边十八道弯里跑上，从这边十八道弯里跑下，又在山梁上跑。山里的一切猎手都不去打。他们一起坐在店里往山头上看，说那麝来回跑得那么快，是为它自身的香气兴奋呢。

八

你毕竟是看见了，仲夏的山上并不是一种纯绿，有黄的颜色，有蓝的颜色，主体则是灰黑的，次之为白，那是枸子和狼牙刺的花了。你走进去，你就是你梦中的人，感觉到了渺小。却常常会不辨路径，坐下来看那峡谷，两壁的梢林交错着，你不知道谷深到何处，成团成团的云雾往外涌，疑心是神鬼在那里出没。偶然间一棵干枯的树站在那里，满身却是肉肉的木耳。有蛇，黑藤一样地缠在树上。气球大的一个土葫芦，团结了一群细腰黄蜂。蹑手蹑脚地走过去，一只松鼠就在路中摇头洗脸了。这小玩意儿，招之即来，上了身却不被抓住，从右袖筒钻进去了，又从左袖筒钻出去了。同时有一声怪叫，嘎喇喇的，在远处的什么地方，如厉鬼狞笑。

你终于禁不住了寂寞，唱起来。一旦唱起来，就不敢停下，想要使所有的东西都听见，来提醒它们：你是有力量的，是强者。但唱的声越来越颤了，惊恐驱使着你突然跑动，越跑越紧，像是梦中一样，力不从心。后来就滚下去，什么也不可能得知了。

人昏了，权当是睡着了，但醒来，却是忍不住的苦痛，腿上的血还在流呢。

一位老者，正抱着你，你只看见那下巴上一窝银须，在动，不见那嘴，末了，胡子中吐一团烂粥般的草，是蓝蓝芽。敷在腿上的伤口，于是血凝固，亦不再疼。你不知道他是谁，哪儿来的。

"采药的。"他说。

"采药的？就在这山上，成年采吗？"

他点点头，孤独已经使他不愿再多说话吗？扶着你站起来，他就走了。

你是该下山了，但你不愿意，想陪陪他，心里在说：山上是太苦了。正是太苦，才长出了这苦口的草药吗？采药的人成年就是挖着这苦，也正是挖着了这草药的苦，才医治了世上人的一生中所遇到的苦痛吗？

你一定得意了你这话里的哲理，回头再寻那采药人，云雾又从那一丛黑柏下涌过来了，什么也没有了响动，你听见的是你的呼吸声。

九

一座山竟是一块完整的石头，这石头好像曾经受了高温，稀软着往下墩，显出一层一层下墩的纹线。在左边，有一角似乎支持不住，往下滴溜，上边的拉出一个向下的奶头状，下边的向上壅一个蘑菇状，快要接连了，突然却凝固，使完整的石头又生出了许多灵巧，倒疑心此山是从什么地方飞来的。

河水就绕着这山的半圆走，水很深，是黑的液体，只有盛在桶里，才知道它是清白的，清白到了没有。沿着河边的石砭，人家就筑起屋舍，屋舍并不需起基础，前墙根紧挨着石砭沿，屋下的水面，什么地方在石砭上凿出坑儿，立栽上石条，然后再用石头斜斜垒起来，算作是台阶。水涨了，台阶就缩短，水落了，台阶就拉长。水也是长了脚的，竟也一年走到门槛下，鸡儿站在门墩上能喝水。

现在，水平平地伏在台阶下，那里是码头，柏木解成了一溜长排，被拴在石嘴上。船儿从峡谷里并没有回来，女人们就蹲在那捶打一种树皮。这树皮在水里泡了七七四十九天,用棒槌砸着,砸出麻一样的丝来,晒干了可以拧绳纳鞋底。四只五只鸭子在那里浮,看着一个什么就钻下去啄,其实那不是鱼,是天上落下的还没有消失的残月。

一只很大的木排撑下来,靠近了对面的山根,几十人开始抬一个棺材往山上去,唢呐咿咿呜呜的。这是河湾上一个汉子要走了,他是在上游砍荆条,然后扎排运到下游去卖,已经砍了许多,往山下扛的时候,滚了坡。在外的人横死了,尸首不能进家门。棺材上就缚了一只雄鸡,一直要运到河那边山头的坟地去。熟人死了一个,新鬼多了一名。孝子婆娘在唢呐声中哭,有板有眼。这边砸树皮的女人都站起来,说那汉子的好话,看着那儿子在河里摔了孝子盆,就拿一块手帕,捂了鼻子嘴地流眼泪。

在水里钻了一生,死了却都要到山顶上去,女人们不明白这是为什么,或许山上有荆条,有龙须草,有桐子,有土漆,河里只是运往的路吧。唢呐吹得这么响,唢呐是人生的乐器呢,上世的时候,吹过一阵,结婚的时候,吹过一阵,下世的时候,还是这么吹。

一个女人突然觉得肚子疼,她想了想,才六个月,还不是坐炕的日子呀?就怀疑是那汉子的阴魂要作孽了,吓得脸色苍白。夜里,女人的男人偷偷从门前石阶上下去,坐船到了对岸山上,浇了一壶酒,将削好的四个桃木橛子钉在坟头,说:"你不要勾了我的儿子,让他满满月月生下来,咱山上河里总盼着一个劳力啊!"

一切很安静。住人家的那块完整的石头的山上,月亮小小的,水落了,门下斜斜的台阶,长长的,月亮水影照着像一条光光的链条。

十

一群乌鸦在天上旋转,方向不固定的,末了,就落下来,黑夜也在翅膀上驮下来了。九沟十八岔的人,都到河湾的村里来,村里正演电影。三天前消息就传开,人来得太多,场畔的每一棵苦楝子树,枝枝丫丫上都坐满了,从上面看,净是头,像冰糖葫芦;从下面看,尽是脚,长的短的,布底的,胶底的。后生们都是二十出头,永不安静在一个地方,灰暗里,用眼睛寻着眼睛说话。

早先地在一起,他们常被组织着,去修台田,去狩猎,去护秋,男男女女在一起说话,嬉闹,大声笑。现在各在各家地里,秋麦二料忙清了,袖着手总觉得要做什么,却不知道做什么,肚子饱饱的,却空空地饥饿。只看见推完磨碾后的驴,在尘土里打滚,自己的精神泄不出去,力气也恢复不来。

场畔不远,就是河,河并不宽,却深深的水。两岸都密长了杂木,又一层儿相对向河面斜,两边的树枝就复交纠缠了。河面常被这种纠缠覆盖,时隐时现。一只木排,被八个女子撑着,咿咿呀呀漂下来。树分开的时候,河是银银的,钻树的防空洞了,看不见了树身上的蛇一样裹绕的葛条，也看不见葛条上生出茸茸的小叶的苔藓。木排泊在场畔下，八个女子互相照看了头发，假装抹脸，手心儿将香脂就又一次在脸上擦了，大声说笑着跳上场畔。

后生们立即就发现了，但却正经起来，两只眼儿都睁着，一只看银幕，一只看着场畔。

八个女子，三个已经结了婚，勾肩搭背的，往人窝里去了，她们不停地笑，笑是给同伴听的，笑也是给前后的人听的。前后有了后生，也大声说话，说是说明电影上的事，话也是给他人说明自己的能耐的。都知道是为了什么，都不说是为了什么。

五个女人是没有订婚的，五个女子却并不站在一起，又不到人窝去，全分散在场河边上，离卖糟的小贩摊，不远不近。小贩摊上的马灯上，不暗不明。有后生就匆匆走过去，又匆匆走过来，忙乱中瞅一眼，或者站在前边，偏踩在一块圆石头上，身子老不得平衡，每一次从石头上歪下来，后看一眼，不经意的。女子就吃吃地笑，后生一转身笑声便噤，身再一转，吃吃又响。目光碰在一起了，目光就说了话，后生便勇敢了，要么搭讪一句，要么，挪过步来，女子倒忽地冷了脸，骂一声："流氓！"热热的又冷冷了，后生无趣地走了。女子却无限后悔，望着星星，星星蒙蒙的，像滴流着水。再换过地方，站在卖醪糟的那边，一只手儿托着下巴，食指咬在牙里。

一场电影完了，看了银幕上的人，也看了看银幕下的人，也被人看了。八个女子集合在场畔，唱了一段花鼓，却说："别唱了,那些没皮脸的净往这儿看呢!"就爆一阵笑声,上了木排,从水面上划走了。木排在河里,一河的星星都在身下,她们数起来,都争着说哪颗星星是她的,但星星老数不清,说:"这电影真好!"奋力划桨。

木排上行到五里外的湾里,八个女子跳下去,各自问一句"几时还演电影呢?"各自走进八个岸边的山洼。已经听见狗在家门口汪着了,一时间,脚腿却沉重起来,没了一丝儿力气……

十一

冬天里沟深,山便高,月便小,逆着一条河水走,水下是沙,沙下是水,突然水就没有了,沙干白得像漂了粉,疑惑水干枯了,再走一段,水又出现,如此忽隐忽现。一个源头,倒分地上地下两条河流,山在转弯的时候,出现一片栲树,树里是三间房,房没有木架,硬打硬搁,两边山墙上却用砖砌了四个"吉"字。栲树叶子都枯了,只是不脱落,静得没声没息。门前一溜石板下去,是一处场面,左边新竹,每一片细叶都亮亮的,像打了蜡光。竹子是石碌子碾子,碾盘上卧着一条狗,碾杆上挂着一副牛的暗眼套。右边是十三个坟墓,坟墓前边都有一个砖砌的灯盏窝。这是百十年里这屋里的主人。十三个主人都死去了,这屋还没有倒,新主人正坐在炕上。

这是个老婆子,七十多岁了,牙口还好,在灯下捏针纳扣门儿,续线的时候,线头却穿不到针眼,就叹口气坐着,起身从锅台上抱了猫儿上来。猫是妖媚的玩物,她离不得它,它也离不得她,她就在嘴里嚼馍花,嚼得烂烂的了,拿在手里喂它吃。

孙子还没有回来,黄昏时到下边人家喝酒去了。孙子是儿子的一条根,儿子死了,媳妇也死了,她盼着这孙子好生守住这个家。孙子却总是在家里坐不住,他喜欢看电影,十里外的地方演也去,回来就呆呆痴几天。他不愿留光头,衣服上不钉扣门儿。两年前就不和她一个炕上睡,嫌她脚臭。早晚还刷牙呢。有男朋友,也有女朋友,一起说话,笑,她听不懂。

她总觉得这孙子有一对翅膀,有一天会飞了。

灯光幽幽的,照在墙角一口棺木上,这是她将来睡的地方,儿子活着的时候就做的,但儿子死了,她还活着。每一年就用土漆在上边刷一次,已经刷过八次了。她也奇怪自己命长,是没有尽到活着的责任吗?洋芋糊汤疙瘩火,这么好的生活,她不愿离去,倒还收不住她的心呢!

心想:现在的人,怎么就不像前几年的人了,一天不像一天了。她疑心是她没在门框上挂一个镜儿。上辈人常是家里有灾有祸了,要挂一块镜子的。她爬起来,将镜子就挂上了,企望将一切邪事不要勾了孙子的魂,把外界的诱惑都用镜收住吧。

半夜里,门外有了脚步声,有人在敲门。老婆子从窗子看出去,三个人背着孙子回来了,打着松油节子火把,说是孙子喝醉了。白日听说县上要修一条柏油公路到这里来,他们庆贺,酒就喝得多了。老婆子窸窸窣窣下来开门,嘟囔道:"越来越不像山里人了！"

门框上的镜亮亮的，在坟头上照下一点白。天上的月亮分外明，照得满山满谷里的光辉。

黄土高原

沟是不深的,也不会有着水流;缓缓地涌上来了,缓缓地又伏了下去:群山像无数偌大的蒙古包,呆呆地在排列。八月天里,秋收过了种麦,每一座山都被犁过了,犁沟随着山势往上旋转,愈旋愈小,愈旋愈圆。天上是指纹形的云,地上是指纹形的田,它们平行着,中间是一轮太阳,光芒把任何地方也照得见了,一切都亮亮堂堂。缓缓地向那圆底走去,心就重重地往下沉,山洼里便有了人家。并没有几棵树的,窑门开着,是一个半圆形的窟窿,它正好是山形的缩小,似乎从这里进去,山的内部世界就都在里边。山便再不是圆圈的叠合了,无数的抛物线突然间地凝固,天的弧线囊括了山的弧线,山的弧线囊括了门窗的弧线。一地都是那么寂静了,驴没有叫,狗是三个、四个地躺在窑背,太阳独独地在空中照着。

路如绳一般地缠起来了:山垴上,热热闹闹的人群曾走去赶过庙会，路却永远不能踏出一条大道来，凌乱的一堆细绳突然地扔了过来，立即就分散开去，在洼底的草皮地上纵纵横横了。这似乎是一张巨大的网，由山垭哗地撒落下去，从此就老想要打捞起什么了。但是，草皮地里能有什么呢？树木是没有的，花朵是没有的，除了荆棘、蒿草，几乎连一块石头也不易见到。人走在上边，脚用不着高抬，身用不着深弯，双手直棍一般地相反叉在背后，千次万次地看那羊群漫过，粪蛋儿如急雨落下，嘭嘭地飞溅着黑点儿。起风了，每一条路上都在冒着土的尘烟，簌簌的，一时如燃起了无数的导火索，竟使人很有了几分骇怕呢。一座山和一座山，一个村和一个村，就是这么被无数的网罩起来了。走到任何地方，每一块都被开垦着，每处被开垦的坡下，都会突然地住着人家，几十里内，甚至几百里内，谁不会知道那条沟里住着哪户人家呢？一听口音，就攀谈开来，说不定又是转弯抹角的亲戚。他们一生在这个地方，就一刻也不愿离开这个地方，有的一辈子也没有去过县城，甚至连一条山沟也不曾走了出去。他们用自己的脚踏出了这无数的网，他们却永远走不出这无数的网。但是，他们最乐趣的是在二、三月，山沟里的山鸡成群在崖畔晒日头，几十人集合起来，分站在两个山头，大声叫喊，山鸡子从这边山上飞到那边山上，又从那边山上飞到这边山上，人们的呐喊使它们不能安宁，它们没有鹰的翅膀可以飞过更多的山沟，三四个来回，就立即在空中方向不定地旋转，猛地石子一样垂直跌下，气绝而死了。

　　土是沙质的，奇怪的是靠崖凿一个洞去，竟百年千年不会倒坍，或许筑一堵墙吧，用不着去苫瓦，东来的雨打，西去的风吹，那墙再也不会垮掉，反倒生出一层厚厚的绿苔，春天里发绿，绿嫩得可爱，夏天里发黑，黑得浓郁，秋天里生出茸绒，冬天里却都消失了，印出梅花一般的白斑。日月东西，四季交替，它们在希冀着什么，这么更换着苔衣？！默默的信念全然塑造成那枣树了，河滩上，沟畔里，在窗前的石碌子碾盘前，在山与山弧形的接壤处，突然间就发现它了。它似乎长得毫无目的，太随便了，太缓慢了，春天里开一层淡淡的花，秋天里就挂一身红果。这是最懂得了贫困，才表现着极大的丰富吗？是因为最懂得了干旱，那糖汁一样的水分才凝固在枝头吗？

　　冬天里，逢个好日头，吃早饭的时候，村里人就都圪蹴在窗前石碾盘上，呼呼噜噜吃饭了。饭是荞麦面，汤是羊肉汤，海碗端起来，颤悠悠的，比脑袋还要大呢。半尺长的线线辣椒，就夹在二拇指中，如山东人夹大葱一样，蘸了盐，一口一截，鼻尖上，嘴唇上，汗就骨骨碌碌地流下来了。他们蹲着，竭力把一切都往里收，身子几乎要成一个球形了，随时便要弹跳而起，爆炸开去。但随之，就都沉默了，一言不发，像一疙瘩一疙瘩苔石，和那碾盘上的石碌子一样，凝重而粗笨了。窗内，窗眼里有一束阳光在浮射，婆姨们正磨着黄豆，磨的上扇压着磨的下扇，两块凿着花纹的石头顿挫着，黄豆成了白浆在浸流。整个冬天，婆姨们要待在窑里干这种工作，如果这磨盘是生活的时钟，这婆姨的左胳膊和右胳膊，就该是搅动白天和黑夜的时针和分针了。

　　山峁下的小路上，一月半月里，就会起了唢呐声的。唢呐的声音使这里的人们精神最激动，他们会立即放下一切活计，站在那里张望。唢呐队悠悠地上来了，是一支小小的迎亲队，前边四支唢呐，吹鼓手全是粗壮汉子，眼球凸鼓，腮帮满圆，三尺长的唢呐吹天吹地，满山沟沟都是一种带韵的吼声了。农人不会作诗，但他们都有唢呐，红白喜事，哭哭笑笑，唢呐扩大了他们的嘴。后边，是一头肥嘟嘟的毛驴，耸着耳朵，喷着响鼻，额头上，脖子上，红红绿绿系满彩绸。套杆后就是一辆架子车，车头坐着一位新娘，花一样娟美，小白菜一样鲜嫩。她盯着车下的土路，脸上似笑，又未笑，欲哭，却未哭，失去知觉了一般的麻麻木木。但人们最喜欢看这一张脸了，这一张脸，使整个高原以此明亮起来。后边的那辆车，是两个花枝招展的陪娘坐着，咧着嘴憨笑，狼狼狈狈地紧抱着陪箱、陪被、枕头、镜子。再后边便是骑着毛驴的新郎，一脸的得意，抬胳膊动腿地常要忘形。每过一个村庄，认识的，不认识的，都要在怀里兜了枣儿祝贺。吃一颗枣儿，道一声谢谢，道一声谢谢，说一番吉祥，唢呐就越发热闹，声浪似乎要把人们全部抛上天空，轰然粉碎了去呢。

最逗人情思的是那村头小店：几乎每一个村庄，路畔里就有了那么一家人，老汉是肉肉的模样，婆姨是瘦瘦的精干，人到老年，弯腰驼背的，却出养个万般水灵的女儿来。女儿一天天长大，使整个村庄自豪，也使这个村庄从此不能安宁。父母懂得人生的美好，也懂得女儿的价值，他们开起店来，果然生意兴隆。就有了那么个后生，他到远远的黄河东岸去驮铁锅去了，一去三天三夜，这女子老听见驴子哇儿哇儿地响，站在窗前的枣树下，往东看得脖子都硬了。她恨死了后生,恨得揉面,捏了他的小面人儿,捏了便揉,揉了又捏。就在她去后洼洼拔萝卜的时候,那后生却赶回来,坐在窑里吃饭,说一声:"这面怎么没味?"回道:"我们胳膊没劲,巧巧不在。""啊达去了?"人家不理睬,他便脸通红,末了出了门,一步三回头。老人家送客送到窑背背,女子正赶回藏在山峁峁,瞧见爹娘在,想下去说句话,又怕老人嫌,待在那里,灰不沓沓。只待得爹娘转脚回去了,一阵风从峁上卷下来:"等一等!"跟跟跄跄跑近了,羞羞答答,扭扭捏捏,却从怀里掏出个青杏儿来。

可怜这地面老是干旱,半年半年不曾落下一滴雨。但是,一落雨就没完没了,沟也满了,河也满了。住在这儿圪崂洼里的人家,一下雨人人都在关心着门前那条公路了。公路是新开的,路一开,外面的人就都来过,大卡车也有,小卧车也有,国家干部来家说一席漂亮的京腔,录一段他们的歌谣,他们会轻狂地把什么好东西都翻出来让人家吃。客人走过,窑背上的皮鞋印就不许被扫了去,娃娃们却从此学得要刷牙,要剪发……如今雨地里路垮了,全村人心都揪起来,一个人背了镢头去修,全村人都跟了去干。小卧车嘟嘟地开过来,停在那边,他们急得骂天骂地骂自己,眼泪都要掉下来。公家的事看得重,他们的力气瞧得轻。路修通了,车开过了,车一响,哗地人们都向两边靠,脸是笑笑的,十二分的虔诚和得宠,肥大的狗汪汪地叫着要去撵,几个人拉住绳儿不敢丢手。

走遍了十八县,一样的地形,一样的颜色,见屋有人让歇,遇饭有人让吃。饭是除了羊肉、荞面，就是黄澄澄的小米。小米稀做米汤，稠做干饭，吃罢饭，坐下来，大人小孩立即就熟了。女人都白脸子，细腰身，穿窄窄的小袄，蓄长长的辫，多情多意，给你纯净的笑；男的却边塞将士一般的强悍，大块吃肉，大碗喝酒，上了酒席，又有人醉倒方止。但是，广漠的团块状的高原，花朵在山洼里悄悄地开了，悄悄地败了，只是在地下土中肿着块茎；牛一般的力气呢，也硬是在一把老镢头下慢慢地消耗了，只是加厚着活土层的尺寸。春到夏，秋到冬，或许有过五彩斑斓，但黄却在这里统一，人愈走完他的一生，愈归复于黄土的颜色。每到初春里，大批大批的城里画家都来写生了，站在山洼随便一望，四面的山峁上，弧线的起伏处，犁地的人和牛就衬在天幕。顺路走近去，或许正在用力，牛向前倾着，人向前倾着，角度似乎要和土地平行了，无形的力变成了有形的套绳了。深深的犁沟，像绳索一般，一圈一圈地往紧里套，他们似乎要冲出这个愈来愈小的圈，但留给他们活动的地方愈来愈小，末了，就停驻在山峁顶上。他们该休息了。只有小儿们，停止了在地边玩耍，一步步爬过来，扑进娘的怀里，眨着眼，吃着奶……

辑二

我不喜欢人多,老是感到孤独,每坐于我家堂屋那高高的石条石阶上,看着远远的疙瘩寨子山顶的白云,就止不住怦怦心跳,不知道那云是什么,从哪儿来到哪儿去。

写给母亲

人活着的时候,只是事情多,不计较白天和黑夜。人一旦死了,日子就堆起来:算一算,再有二十天,我妈就三周年了。

三年里,我一直有个奇怪的想法,就是觉得我妈没有死,而且还觉得我妈自己也不以为她就死了。常说人死如睡,可睡的人是知道要睡去,睡在了床上,却并不知道在什么时候睡着的呀。我妈跟我在西安生活了十四年,大病后医生认定她的各个器官已在衰竭,我才送她回棣花老家维持治疗。每日在老家挂上液体了,她也清楚每一瓶液体完了,儿女们会换上另一瓶液体的,所以便放心地闭了眼躺着。到了第三天的晚上,她闭着的眼再没有睁开,但她肯定还是认为她在挂液体了,没有意识到从此再不醒来,因为她躺下时还让我妹把给她擦脸的毛巾洗一洗,梳子放在了枕边,系在裤带上的钥匙没有解,也没有交代任何后事啊。

三年以前我每打喷嚏,总要说一句:"这是谁想我呀?"我妈爱说笑，就接茬说："谁想哩，妈想哩！"这三年里，我的喷嚏尤其多，往往错过吃饭时间，熬夜太久，就要打喷嚏，喷嚏一打，便想到我妈了，认定是我妈还在牵挂我哩。

我妈在牵挂着我，她并不以为她已经死了，我更是觉得我妈还在，尤其我一个人静静地待在家里，这种感觉就十分强烈。我常在写作时，突然能听到我妈在叫我，叫得很真切，一听到叫声我便习惯地朝右边扭过头去。从前我妈坐在右边那个房间的床头上，我一伏案写作，她就不再走动，也不出声，却要一眼一眼看着我，看得时间久了，她要叫我一声，然后说："世上的字你能写完吗，出去转转么。"现在，每听到我妈叫我，我就放下笔走进那个房间，心想我妈从棣花来西安了？当然是房间里什么也没有，却要立上半天，自言自语我妈是来了又出门去街上给我买我爱吃的青辣子和萝卜了。或许，她在逗我，故意藏到挂在墙上的她那张照片里，我便给照片前的香炉里上香，要说上一句："我不累。"

整整三年了，我给别人写过了十多篇文章，却始终没给我妈写过一个字，因为所有的母亲，儿女们都认为是伟大又善良，我不愿意重复这些词语。我妈是一位普通的妇女，缠过脚，没有文化，户籍还在乡下，但我妈对于我是那样的重要。已经很长时间了，虽然再不为她的病而提心吊胆了，可我出远门，再没有人啰啰唆唆地叮咛着这样叮咛着那样，我有了好吃的好喝的，也不知道该送给谁去。

在西安的家里，我妈住过的那个房间，我没有动一件家具，一切摆设还原模原样，而我再没有看见过我妈的身影。我一次又一次难受着又给自己说，我妈没有死，她是住回乡下老家了。今年的夏天太湿太热，每晚被湿热醒来，恍惚里还想着该给我妈的房间换个新空调了。待清醒过来，又宽慰着我妈在乡下的新住处里，应该是清凉的吧。

三周年的日子一天天临近，乡下的风俗是要办一场仪式的，我准备着香烛花果，回一趟棣花了。但一回棣花，就要去坟上，现实告诉着我妈是死了，我在地上，她在地下，阴阳两隔，母子再也难以相见，顿时热泪肆流，长声哭泣啊。

祭父

父亲贾彦春,一生于乡间教书,退休在丹凤县棣花;年初胃癌复发,七个月后便卧床不起,饥饿疼痛,疼痛饥饿,受罪至第二十七天的傍晚,突然一个微笑而去世了。其时中秋将近,天降大雨,我还远在四百里之外,正预备着翌日赶回。

我并没有想到父亲的最后离去竟这么快。以往家里出什么事,我都有感应,就在他来西安检查病的那天,清早起来我的双目无缘无故地红肿,下午他一来,我立即感到有悲苦之灾了。经检查,癌已转移,半月后送走了父亲,天天心揪成一团,却不断地为他卜卦,卜辞颇吉祥,还疑心他会创造出奇迹,所以接到病危电报,以为这是父亲的意思,要与我交代许多事情。一下班车,看见戴着孝帽接我的堂兄,才知道我回来得太晚了,太晚了。父亲安睡在灵床上,双目紧闭,口里衔着一枚铜钱,他再也没有像以往听见我的脚步便从内屋走出来喜欢地对母亲喊:"你平回来了！"也没有我递给他一支烟时，他总是摆摆手而拿起水烟锅的样子，父亲永远不与儿子亲热了。

守坐在灵堂的草铺里，陪父亲度过最后一个长夜。小妹告诉我，父亲饲养的那只猫也死了。父亲在水米不进的那天，猫也开始不吃，十一日中午猫悄然毙命，七个小时后父亲也倒了头。我感动着猫的忠诚，我和我的弟妹都在外工作，晚年的父亲清淡寂寞，猫给过他慰藉，猫也随他去到另一个世界。人生的短促和悲苦，大义上我全明白，面对着父亲我却无法超脱。满院的泥泞里人来往作乱，响器班在吹吹打打，透过灯光我呆呆地望着那一棵梨树，这是父亲亲手栽的，往年果实累累，今年竟独独一个梨子在树顶。

父亲的病是两年前做的手术，我一直对他瞒着病情，每次从云南买药寄给他，总是撕去药包上癌的字样。术后恢复得极好，他每顿已能吃两碗饭，凌晨要喝一壶茶水，坐不住，喜欢快步走路。常常到一些亲戚朋友家去，撩了衣服说：瞧刀口多平整，不要操心，我现在什么病也没有了。看着父亲的豁达样，我暗自为没告诉他病情而宽慰，但偶尔发现他独坐的时候，神色甚是悲苦，竟有一次我弄来一本算卦的书，兄妹们都嚷着要查各自的前途机遇，父亲走过来却说："给我查一下，看我还能活多久？"我的心咯噔一下沉起来，父亲多半是知道了他得的什么病，他只是也不说出来罢了。卦辞的结果，意思是该操劳的都操劳了，待到一切都好。父亲叹息了一声："我没好福。"我们都黯然无语，他就又笑了一下："这类书怎能当真？人生谁不是这样呢！"可后来发生的事情，不幸都依这卦辞来了。

先是数年前母亲住院，父亲一个多月在医院伺候，做手术的那天，我和父亲守在手术室外，我紧张得肚子疼，父亲也紧张得肚子疼。母亲病好了，大妹出嫁，小妹高考却不中，原本依父亲的教龄可以将母亲和小妹的户口转为城镇户口，但因前几年一心想为小弟有个工作干，自己硬退休回来，现在小妹就只好窝在乡下了。为了小妹的前途，我写信申请，父亲四处寻人说情，他是干了几十年教师工作，不愿涎着脸给人说那类话，但事情逼着他得跑动，每次都十分为难。他给我说过，他曾鼓很大勇气去找人，但当得知所找的人不在时，竟如释重载，暗自庆幸，虽然明日还得再找，而今天却免去一次受罪了。整整两年有余，小妹的工作有了着落，父亲喜欢得来人就请喝酒，他感激所有帮过忙的人，不论年龄大小皆视为贾家的恩人。但就在这时候，他患了癌病。担惊受怕的半年过去了，手术后身体一天天好起来，这一年春节父亲一定要我和妻子女儿回老家过年，多买了烟酒，好好欢度一番，没想年前两天，我的大妹夫突然出事故亡去。病后的父亲老泪纵横，以前手颤的旧病又复发，三番五次划火柴点不着烟。大妹带着不满一岁的外甥重又回住到我家，沉重的包袱又一次压在父亲的肩上。为了大妹的生活和出路，父亲又开始了比小妹当年就业更艰难的奔波，一次次的碰壁，一夜夜的辗转不眠。我不忍心看着他的劳累，甚至对他发火，他就再一次赶来给我说情况时，故意做出很轻松的样子，又总要说明他还有别的事才进城的。大妹终于可以吃商品粮了，甚至还去外乡做临时工作，父

母亲

祈天

亲实想领大妹一块去乡政府报到，但癌病复发了，终未去成。父亲之所以在动了手术后延续了两年多的生命，他全是为儿女要办完最后一件事，当他办完事了竟不肯多活一月就溘然长逝。

俗话讲，人生的光景几节过，前辈子好了后辈子坏，后辈子好了前辈子坏，可父亲的一生中却没有舒心的日月。在他的幼年，家贫如洗，又常常遭土匪的绑票，三个兄弟先后被绑票过三次，每次都是变卖家产赎回，而年仅七岁的他，也竟在一个傍晚被人背走到几百里外。贾家受尽了屈辱，发誓要供养出一个出头的人，便一心要他读书。父亲提起那段生活，总是感激着三个大伯，说他夜里读书，三个大伯从几十里外扛木头回来，为了第二天再扛到二十里外的集市上卖个好价，成半夜在院中用石槌砸木头的大小截面，那种"咣咣"的响声使他不敢懒散，硬是读完了中学，成为贾家第一个有文化的人。此后的四五十年间，他们兄弟四人亲密无间，二十二口的大家庭一直生活到六十年代，后来虽然分家另住，谁家做一顿好吃的，必是叫齐别的兄弟。我记得父亲在邻县的中学任教时期，一直把三个堂兄带在身边上学，他转到哪儿，就带在哪儿，堂兄在学生宿舍里搭合铺，一个堂兄尿床，父亲就把尿床的堂兄叫去和他一块睡，一夜几次醒小便，但常常堂兄还是尿湿了床，害得父亲这头湿了睡那头，那头暖干了睡这头。我那时和娘住在老家，每年里去父亲那儿一次，我的伯父就用箩筐一头挑着我，一头挑着粮食翻山越岭走两天，我至今记得我在摇摇晃晃的箩筐里看夜空的星星，星星总是在移动，让我无法数清。当我参加了工作第一次领到了工资，三十九元钱先给父亲寄去了十元，父亲买了酒便请了三个伯父痛饮，听母亲说那一次父亲是醉了。那年我回去，特意跑了半个城买下一根特大的铝盒装的雪茄，父亲拆开了闻了闻，却还要叫了三个伯父，点燃了一口一口轮流着吸。大伯年龄大，已经下世十多年了，按常理，父亲应该照看着二伯和三伯先走，可谁也没想到，料理父亲丧事的竟是二伯和三伯。在盛殓的那个中午，贾家大小一片哭声，二伯和三伯老泪纵横，瘫坐在椅子上不得起来。

"文革"中，家乡连遭三年大旱，生活极度拮据，父亲却被诬陷为历史反革命关进了牛棚。正月十五的下午，母亲炒了家中仅有的一疙瘩肉盛在缸子里，伯父买了四包香烟，让我给父亲送去。我太阳落山时赶到他任教的学校，父亲已经遭人殴打过，造反派硬不让见，我哭着求情，终于在院子里拐角处见到了父亲，他黑瘦得厉害，才问了家里的一些情况，监管人就在一边催时间了。父亲送我走过拐角，却将缸子交给我，说："肉你拿回去，我把烟留下就是了。"我出了院子的栅栏门，门很高，我只能隔着栅栏缝儿看父亲，我永远忘不了父亲呆呆站在那儿看我的神色。后来，父亲带着一身伤残被开除公职押送回家了，那是个中午，我正在山坡上拔草，听到消息扑回来，父亲已躺在床上，一见我抱了我就说："我害了我娃了！"放声大哭。父亲是教了半辈子书的人，他胆小，又自尊，他受不了这种打击，回家后半年内不愿出门。但家庭从政治上、经济上一下子沉沦下来，我们常常吃了上顿没有下顿，自留地的苞谷还是嫩的便掰了回来，苞谷颗儿和穗儿一起在碾子上砸了做糊糊吃，麦子不等成熟，就收回用锅炒了上磨。全家唯一的指望是那头猪，但猪总是长一身红绒，眼里出血似的盼它长大了，父亲领着我们兄弟将猪拉到十五里的镇上去交售，但猪瘦不够标准，收购站拒绝收。听说二十里外的邻县一个镇上标准低，我们决定重新去交，天不明起来，特意给猪喂了最好的食料，使猪肚撑得滚圆，我们却饿着，父亲说："今日把猪交了，咱父子仨一定去饭馆美美吃一顿！"这话极大地刺激了我和弟弟，赤脚冒雨将猪拉到了镇上。交售猪的队排得很长，眼看着轮到我们了，收购员却喊了一声："下班了！"关门去吃饭。我们迭声叫苦，没有钱去吃饭，又不能离开，而猪却开始排泄，先是一泡没完没了的尿，再是翘了尾巴要拉，弟弟急了，拿脚直踢猪屁股，但最后还是拉下来，望着那老大的一堆猪粪，我们明白那是多少钱的分量啊。骂猪，又骂收购员，最后就不骂了，因为我和弟弟已经毫无力气了。直等到下午上班，收购员过来在猪的脖子上捏捏，又在猪肚子上踹踹，头不抬地说："不够等级，下一个——"父亲首先急了，忙求着说："按最低等级收了吧。"收购员翻着眼训道："白给我也不收哩！"已经去验下一头猪了。父亲在那里站了好大一会儿，又过来蹲在猪旁边，他再没有说，手抖着在口袋里掏烟，但没有掏出来，扭头对我们说："回吧。"父子仨默默地拉猪回来，一路上再没有说肚子饥的话。

在那苦难的两年里，父亲耿耿于怀的是他蒙受的冤屈，几乎过三天五天就要我来写一份翻案材料寄出去。他那时手抖得厉害，小油灯下他讲他的历史，我逐字书写，寄出去的材料十分之九泥牛入海，而父亲总是自信十足。家贫买不起纸，到任何地方一发现纸就眼开，拿回来仔细裁剪，又常常纸色不同，以致后来父子俩谈起翻案材料只说"五色纸"就心照不宣。父亲幼年因家贫害过胃疼，后来愈过，但也在那数年间被野菜和稻糠重新伤了胃，这也便是他恶变胃癌的根因。当父亲终于冤案昭雪后，星期六的下午他总要在口袋装上学校的午餐，或许是一片烙饼，或是四个小素包子，我和弟弟便会分别拿了躲到某一处吃得最后连手也舔了，末了还要趴在泉里喝水涮口咽下去。我们不知道那是父亲饿着肚子带回来的，最最盼望每个星期六傍晚太阳落山的时候。有一次父亲看着我们吃完，问："香不香？"弟弟说："香，我将来也要当个教师！"父亲笑了笑，别过脸去。我那时稍大，说现在吃了父亲的馍馍，将来长大了一定买最好吃的东西孝敬父亲。父亲退休以后，孩子们都大了，我和弟弟都开始挣钱，父亲也不愁没有馍馍吃，在他六十四岁的生日我买了一盒寿糕，他却直怨我太浪费了。五月初他病加重，我回去看望，带了许多吃食，他却对什么也没了食欲，临走买了数盒蜂王浆，叮咛他服完后继续买，钱我会寄给他的，但在他去世后第五天，村上一个人和我谈起来，说是父亲服完了那些蜂王浆后曾去商店打问过蜂王浆的价钱，一听说一盒八元多，他手里捏着钱却又回来了。

父亲当然是普通的百姓，清清贫贫的乡间教师，不可能享那些大人物的富贵，但当我在城里每次住医院，看见老干部楼上的那些人长期为小病疗养而坐在铺有红地毯的活动室中玩麻将，我就不由得想到我的父亲。

在贾家族里，父亲是文化人，德望很高，以致大家分为小家，小家再分为小家，甚至村里别姓人家，大到红白喜丧之事，小到婆媳兄妹纠纷，都要找父亲去解决。父亲乐意去主持公道，却脾气急躁，往往自己也要生许多闷气。时间长了，他有了一定的权威，多少也有了以"势"来压的味道，他可以说别人不敢说的话，竟还动手打过一个不孝其父的逆子的耳光，这少不得就得罪了一些人。为这事我曾埋怨他，为别人的事何必那么认真，父亲却火了，说道："我半个眼窝也见不得那些龌龊事！"父亲忠厚而严厉，胆小却疾恶如仇，他以此建立了他的人品和德行，也以此使他吃了许多苦头，受了许多难处。当他活着的时候，这个家庭和这个村子的百多户人家已习惯了父亲的好处，似乎并不觉得什么，而听到他去世的消息，猛然间都感到了他存在的重要。我守坐在灵堂里，看着多少人来放声大哭，听着他们哭诉"你走了，有什么事我给谁说呀？！"的话，我欣慰着我的父亲低微却崇高，平凡而伟大。

在我小小的时候，我是害怕父亲的，他对我的严厉使我产生惧怕，和他单独在一起，我说不出一句话，极力想赶快逃脱。我恋爱的那阵，我的意见与父亲不一致，那年月政治的味道特浓，他害怕女方的家庭成分影响了我，他骂我，打我，吼过我"滚"。在他的一生中，我什么都听从他，唯那件事使他伤透了心。但随着时代的变化，家庭出身已不再影响到个人的前途，但我妻子并未记恨他，像女儿一样孝敬他，他又反过来说我眼光比他准，逢人夸说儿媳的好处，在最后的几年里每年都喜欢来城中我的小家中住一个时期。但我在他面前，似乎一直长不大，直到我的孩子已经上小学了，一次他来城里，见面递给我一支烟来吸，我才知道我成熟了，有什么可以直接同他商量。父亲是一个普通的乡村教师，又受家庭生计所累，他没有高官显禄的三朋，也没有身缠万贯的四友，对于我成为作家，社会上开始有些虚名后，他曾是得意和自豪过。他交识的同行和相好免不了向他恭贺，当然少不了向他讨酒喝，父亲在这时候是极其的慷慨，身上有多少钱就掏多少钱，喝就喝个酩酊大醉。以致后来，有人在哪里看见我发表了文章，就拿着去见父亲索酒。他的酒量很大，原因一是"文革"中心情不好借酒消愁，二是后来为我的创作以酒得意，喝酒喝上了瘾，在很长的日子里天天都要喝的，但从不一人独喝，总是吆喝许多人聚家痛饮，又一定要母亲尽一切力量弄些好的饭菜招待。母亲曾经抱怨：家里的好吃好喝全让外人享用了！我也为此生过他的气，以我拒绝喝酒而抗议，父亲真有一段时间也不喝酒了。一九八二年的春天，我因一批小说受到报刊的批评，压力很大，但并未透露一丝消息给他。他听人说了，专程赶三十里到县城去翻报纸，熬煎得几个晚上睡不着。我母亲没文化，不懂得写文章的事，父亲给她说的时候，她困得不时打盹，父亲竟生气得骂母亲。第二天搭车到城里见我，我的一些朋友恰在我那儿谈论外界的批评文章，我怕父亲听见，让他在另一间房内休息，等来客一走，他竟过来说："你不要瞒我，事情我全知道了。没事不要寻事，有了事就不要怕事。你还年轻，要吸取经验教训，路长着哩！"说着又返身去取了他带来的一瓶酒，说，"来，咱父子都喝喝酒。"他先倒了一杯喝了，对我笑笑，就把杯子给我。他笑得很苦，我忍不住眼睛红了。这一次我们父子都重新开戒，差不多喝了一瓶。

自那以后，父亲又喝开酒了，但他从没有喝过什么名酒。两年半前我用稿费为他买了一瓶茅台，正要托人捎回去，他却来检查病了，竟发现患的是胃癌。手术后，我说："这酒你不能喝了，我留下来，等你将来病好了再喝。"我心里知道，父亲怕是再也喝不成了，如果到了最后不行的时候，一定让他喝一口。在父亲生命将息的第十天，我妻子陪送老人回老家，我让把酒带上。但当我回去后，父亲已经去世了，酒还原封未动。妻说："父亲回来后，汤水已经不能进，就是让喝酒，一定腹内烧得难受，为了减少没必要的痛苦，才没有给父亲喝。"盛殓时，我流着泪把那瓶茅台放在棺内，让我的父亲在另一个世界上再喝吧。如今，我的文章还在不断地发表出版，我再也享受不到那一份特殊的祝贺了。

父亲只活了六十六岁，他把年老体弱的母亲留给我们，他把两个尚未成家的小妹留给我们，他把家庭的重担留给了从未担过沉的长子的我。对于父亲的离去，我们悲痛欲绝，对于离去我们，父亲更是不忍。当检查得知癌细胞已广泛转移毫无医治可能的结论时，我为了稳住父亲的情绪，还总是接二连三地请一些医生来给他治疗，事先给医生说好一定要表现出检查认真，多说宽心话。我知道他们所开的药全都是无济于事的，但父亲要服只得让他服，当然是症状不减，且一日不济一日。他说："平呀，现在咋办呢？"我能有什么办法呀，父亲。眼泪从我肚子里流走了，脸上还得安静，说："你年纪大了，只要心放宽静养，病会好的。"说罢就不敢看他，赶忙借故别的事走到另一个房间去抹眼泪。后来他预感到了自己不行了，却还是让扶起来将那苦涩的药面一大勺一大勺地吞在口里，强行咽下，但他躺下时已泪流满面，一边用手擦着一边说："你妈一辈子太苦，为了养活你们，舍不得吃，舍不得穿，到现在还是这样。我只说她要比我先走了，我会把她照看得好好的……往后就靠你们了。还有你两个妹妹……"母亲第一个哭起来，接着全家大哭，这是我们唯有的一次当着父亲的面痛哭。我真担心这一哭会使父亲明白一切而加重他的负担，但父亲反倒劝慰我们，他照常要服药，说他还要等着早已定好的国庆节给小妹结婚的那一天，还叮咛他来城前已给菜地的红萝卜浇了水，菜苗一定长得茂密，需要间一间。就在他去世的前五天，他还要求母亲去抓了两服中草药熬着喝。父亲是极不甘心地离开了我们，他一直是在悲苦和疼痛中挣扎，我那时真希望他是个哲学家或是个基督教徒，能透悟人生，能将死自认为一种解脱，但父亲是位实实在在地为生活所累了一生的平民，他的清醒的痛苦的逝去使我心灵不得安宁。当得知他在最后一刻终于绽出一个微笑，我的心多多少少安妥了一些。可以告慰父亲的是，母亲在悲苦中总算挺了过来。我们兄妹都一下子更加成熟，什么事都处理得很好。小妹的婚事原准备推迟，但为了父亲灵魂的安息，如期举办，且办得十分圆满。这个家庭没有了父亲并没有散落，为了父亲，我们都努力地活着。

按照乡间风俗，在父亲下葬之后，我们兄妹接连数天的黄昏去坟上烧纸和燃火，名曰"打怕怕"，为的是不让父亲一人在山坡上孤单害怕。冥纸和麦草燃起，灰屑如黑色的蝴蝶满天飞舞，我们给父亲说着话，让他安息，说在这面黄土坡上有我的爷爷奶奶，有我的大伯，有我村更多的长辈，父亲是不会孤单的，也不必感到孤单，这面黄土坡离他修建的那一院房子并不远，他还是极容易来家中看看。而我们更是永远忘不了他，会时常来探望他的。

自传
——在乡间的十九年

一九八三年一月八日，我从城北郊外迁移市内，居于三十六点七平方米的水泥房，五个门开关掩闭不亦乐乎，空气又可流通，且无屋顶漏土，夜里可以仰睡，湿湿虫也不满地爬行，心遂大足！便将一张旧居时的照片悬挂墙上，时时作回忆状。照片上我题有一款，如此写道：

"贾平凹，三字其形，其音，其义，不规不则不伦不类，名如人，文如名，丑恶可见也。生于一九五三年二月二十一日，少时于商山下不出。后入长安，曾怀以济天下之雄心，然无翻江倒海之奇才，落拓入文道，魔蚀骨髓不自拔，作书之虫，作笔之鬼。二十二岁，奇遇乡亲韩××，各自相见钟情，三年后遂成夫妻。其生于旧门，淑贤如静山，豁达似春水。又年后得一小女，起名浅浅，性极灵慧，添人生无限乐气。又一年入城合家，客居城北方新村，茅屋墟舍，然顺应自然，求得天成。为人为文,作夫作妇,绝权欲,弃浮华,归其天籁,必怡然平和;家稟平和,则处烦嚣尘世而自立也。"

随便戏笔题款,没想竟做了一件大事,完成了而立之年间第一次为自己作传。今读此传,甚觉完整,其年龄、籍贯、相貌、脾性,以及现在人极关心的作家的恋爱、家庭、处世态度无不各方披露。故《新苑》杂志要求自传,以此应付,偏说太单,迟迟一年有余不肯再写,惹得杂志社几乎变脸,生怕招来名不大气不小之嫌,勉强再作一次,发誓以后再不作这般文字,即就老死作神作鬼,这一篇也权当是自作的墓志铭了。

这是一个极丑的人。

好多人初见,顿生怀疑,以为是冒名顶替的骗子,想唾想骂想扭了胳膊交送到公安机关去。当经介绍,当然他是尴尬,我更拘束,扯谈起来,仍然是因我面红耳赤,口舌木讷,他又将对我的敬意收回去了。

我原本是不应该到这个世界上做人的。

娘生我的时候,上边是有一个哥哥,但出生不久就死了。阴阳先生说,我家那面土炕是不宜孩子成活的,生十个八个也会要死的,娘便怀了我在第十月的日子,借居到很远的一个地方的人家生的。于是我生下来,就"男占女位",穿花衣服,留黄辫撮,如一根三月的蒜苗。家乡的风俗,孩子难保,要认一个干爹,第二天一早,家人抱着出门,遇张三便张三,遇李四就李四,遇鸡遇狗鸡狗也便算作干亲。没想我的干爸竟是一位旧时的私塾先生，家里有一本《康熙字典》，知道之乎者也，能写铭旌。

我们的家庭很穷，人却旺，我父辈为四，我们有十，再加七个姐妹，乱哄哄在一个补了七个铜钉的大环锅里搅勺把，一九六〇年分家时，人口是二十二个。在那么个贫困年代，大家庭里，斗嘴吵架是少不了的，又都为吃。贾母享有无上权力，四个婶娘（包括我娘）形成四个母系，大凡好吃好喝的，各自霸占，抢勺夺铲，吃在碗里盯着锅里，添两桶水熬成的稀饭里煮一碗黄豆，那黄豆在第一遍盛饭中就被捞得一颗不剩。这是和当时公社一样多弊病多穷困的家庭，维持这样的家庭，只能使人变作是狗，是狼，它的崩溃是自然而然的事。

我父亲是一个教师，由小学到高中，他的一生是在由这个学校到那个学校的来回变动中度过的。世事洞明，多少有些迂，对自己，对孩子极其刻苦，对来客却倾囊招待，家里的好吃好喝几乎全让外人享用了，以致在我后来做了作家，每每作品的目录刊登于报纸上，或某某次赴京召开某某会议，他的周围人就向他道贺，讨要请客，他必是少则一斤糖一条烟，大到摆一场酒席。家乡的酒风极盛，一次酒席可喝到十几斤几十斤水酒，结果笑骂哭闹，颠三倒四，将三个五个醉得撂倒，方说出一句话来：今日是喝够了！

这种逢年过节人皆撂倒的酒风，我是自小就反恶的。我不喜欢人多，老是感到孤独，每坐于我家堂屋那高高的石条石阶上，看着远远的疙瘩寨子山顶的白云，就止不住怦怦心跳，不知道那云是什么，从哪儿来到哪儿去。一只很大的鹰在空中盘旋，这飞物是不是也同我一样没有一个比翼的同伴呢？我常常到村口的荷花塘去，看那蓝莹莹的长有艳红尾巴的蜻蜓无声地站在荷叶上，我对这美丽的生灵充满了爱欲，喜欢它那种可人的又悄没声息的样子，用手把它捏住了，那蓝翅就一阵打闪，可怜地挣扎，我立即就放了它，同时心中有一种说不出的茫然。

这种秉性在我上学以后，愈是严重，我的学习成绩是非常好的，老师和家长却一直担心我的"生活不活跃"。我很瘦，有一个稀饭灌得很大的肚子，黑细细的脖子似乎老承负不起那颗大脑袋，我读书中的"小萝卜头"，老觉得那是我自己。后来，我爱上出走，背了背篓去山里打柴、割草，为猪采糠，每一个陌生的山岔使我害怕又使我极大满足。商州的山岔一处是一处新境，丰富和美丽令我无法形容，如果突然之间在崖壁上生出一朵山花，鲜艳夺目，我就坐下来久久看个不够。偶尔空谷里走过一位和我年龄差不多的甚至还小的女孩儿，那眼睛十分生亮，我总感觉那周身有一圈光晕，轻轻地在心里叫人家是"姐姐"！盼望她能来拉我的手，抚我的头发，然后长长久久地在这里住下去，这天夜里，十有八九我又会在梦里遇见她的。

当我读完小学，告别了那墙壁上端画满许多山水、神鬼、人物的古庙教室。我以优异的成绩考上初中后，便又开始了更孤独更困顿更枯燥的生活。印象最深的是吃不饱，一下课就拿着比脑袋还大的瓷碗去排队打饭。这期间，祖母和外祖母已经去世，没有人再偏护我的过错和死拗，村里又死去了许多极熟识的人，班里的干部子弟且皆高傲，在衣着上、吃食上以及大大小小的文体之类的事情上，用一种鄙夷的目光视我。农家的孩子愿意和我同行，但爬高上低魔王一样疯狂使我反感，且他们因我孱弱，打篮球从不给我传球，拔河从不让我入伙，而冬天的课间休息在阳光斜照的墙根下"摇铃"取暖，我是每一次少不了被作"铃胡儿"的噩运。那时候，操场的一角呆坐着一个羞怯怯的见人走来又慌乱瞧一窝蚂蚁运行的孩子，那就是我。我喜欢在河堤堰上抓一堆沙窝里的落叶燃起篝火，那烟丝丝缕缕升起来可爱，那火活活腾腾腾起来可爱。

不久，"文革"就开始，"文革"开始的同时，也便结束了我的文化学习。但也就在这一年，我第一次走出了秦岭，挤在一辆篷布严实的黑暗的大卡车到了西安串联。那是冬日，我们插楔似的塞在车厢，周身麻木不知感觉，当我在黑龙口停车小解时，用手狠狠地拔出自己的脚来，脚却很小了，还穿着一只花鞋，使我大感不解，蓦地才明白拔出的不是我的脚，忙给旁边那一位长得极俏的女孩儿笑笑，她竟莫名其妙，她也是不知道她的脚曾被我拔动过。西安的城市好大，我惊得却不知怎么走，同伴三人，一个牵一人衣襟，脑袋就四方扭转。最叫我兴奋的是城里人在下雨天撑有那么多伞，全不是竹制的，油布的。一把细细的铁棍，帆布有各种颜色。我多么希望自己有那么一把伞，曾痴痴地看着一个女子撑着伞从面前过去，目送人家消失，而险些被一辆疾驰的自行车撞倒。在马路口的人行道上，一个姑娘一直在看我，我觉得挺奇怪，回看她时，她目光并没有避，还在定定看我。冬天的太阳照着她，她漂亮极了，耳朵下的那块嫩白白的地方，茸茸可爱的鬈发中有一颗淡墨的痣,正如一只小青蛙遇到了一条蟒蛇,蛇的眼睛可怕,但却一直看着蛇眼走近它。我站在了姑娘的面前,"你从哪里来?"她问。"山里。""山里和城里哪儿不一样?"她又问。"城里月亮大,山里星星多。"我如实说了,还补充一句,"城里茅坑(厕所)少。"她嘎嘎笑了一阵就起身跑了,我看见她在不远的地方给她的朋友们讲述我的笑话,但我心里极度高兴,这是第一个和我说话的城里人,至今我还记得起她漂亮的笑容。

串联归来,武斗就开始了。我又拎起那只特大的每星期盛满一次酸菜供我就饭的瓷罐回到村子里。应该说,从此我是一个小劳力,一名公社的社员。离开了枯燥的课堂,没有了神圣可畏的老师,但没有书读却使我大受痛苦。我不停地在邻村往日同学的家里寻借那些没头没尾的古书来读,读完了又以此去与别的人的书交换。书尽闲书,读起来比课本更多滋味,那些天上地下的,狼虫虎豹的,神鬼人物的,一到晚上就全活在脑子里,一闭眼它就全来。这种看时发呆看后更发呆的情况,常要荒辍我的农业,老农们全不喜爱我做他们帮手,大声叱骂,作践。队长分配我到妇女组里去做活,让那些三十五岁以上的所有人世的妒忌,气量小,说是非,庸俗不堪诸多缺点集于一身的婆娘们来管制我,用唾沫星子淹我。我很伤心,默默地干所分配的活,将心与身子皆弄得疲累不堪,一进门就倒柴捆似的倒在炕上,睡得如死了一样沉。

阴雨的秋天,天看不透,墙头、院庭、瓦槽、鸡棚的木梁上金铜一样生绿，我趴在窗台上，读鲁迅的书：

窗外有两棵树，一棵是枣树，另一棵也是枣树。

我的眼里噙满了泪水。

我盼望着"文革"快些结束，盼望当教师的父亲从单位回来，哪一日再能有个读书的学校，我一定会在考场上取得全优的成绩。一出考场使所有的孩子和等在考场外的孩子的父母对我有一个小小的妒忌。然而，我的母亲这年病犯了，她患得肋子缝疼，疼起来头顶在炕上像犁地一样。一种不祥的阴影时时压在我的心上，我们弟妹泪流满面地去请医生，在铁勺里烧焦蓖麻油辣子水给母亲喝。当母亲身子已经虚弱得风能吹倒之时，我和弟弟到水田去捞水蜗牛，捞出半筐，在热水中煮了，用锥子剜出那豆大一粒白肉。我们在一个夜里关了院门，围捕一只跑到院里的别人家的猫，打死了，吊在门闩上剥皮。那是惊心动魄的一幕，剥出的猫红赤赤的十分可怕，我不忍心再去动手。当弟弟将猫肉在锅里炖好了端来吃，我竟闻也不敢闻了。到了秋天，更不幸的事情发生了，父亲，忠厚而严厉过分的教师，竟被诬陷定为历史反革命分子而开除公职遣回家来劳动改造了。这一打击，使我们家从此在政治上、经济上没于黑暗的深渊，我几乎要流浪天涯去讨饭！父亲遣回的那天，我正在山上锄草，看见山下的路上有两个背枪的人带着一个人到公社大院去，那人我立即认出是父亲。锄草的妇女把我抱住，紧张地说："是你老子，你快回去看看！"这些凶恶的妇女那时变得那么温柔、慈祥，我永远记着那一张张恐惧得要死的面孔。我跑回家来，父亲已经回来了，遍身鳞伤地睡在炕上，一见我，一把揽住，嚎声哭道："我将我儿害了！我害了我儿啊！"父亲从来没有哭过，他哭起来异常怕人，我脑子里嗡嗡直响，什么也看不见，什么也听不见。

家庭的败落，使本来就孱弱的我越发孱弱。更没有了朋友，别人不到我家里，我也不敢到别人家去，最害怕是那狗咬了。那是整整两年多时间，直至父亲平反后，我觉得我是长大了，懂得世态炎凉，明晓了人情世故。我唯一的愿望是能多给家里挣些工分，搞些可吃的东西。在外回家，手里是不空过的，有一把柴火捡起来夹在胳膊下，有一棵菜拔下装在口袋里。我还曾经在一个草窝里捡过一颗鸡蛋，如获至宝，拿回来高兴了半天。那时间能安我的心的，就是那一条板的闲书了。这是我收集来的，用条板整整齐齐放在楼顶上的，劳动回来就爬上去读，劳动了，就抽掉去楼上的梯子。父亲瞧我这样，就要转过身去悄悄抹泪。

忘不了的，是那年冬天，我突然爱上村里一个姑娘，她长得极黑，但眉眼里面楚楚动人。我也说不清为什么就爱她，但一见到她就心情愉快，不见她就蔫得霜杀一样。她家门口有一株桑树，常常假装看桑葚，偷眼瞧她在家没有。但这爱情，几乎是单相思，我并不知道她爱我不爱，只觉得真能被她爱，那是我的幸福，我能爱别人，那我也是同样幸福。我盼望能有一天，让我来承担为其双亲送终，让我来负担他们全家七八口人的吃喝，总之，能为她出力即使变一只为她家捕鼠的猫看家的狗也无上欢愉！但我不敢将这心思告诉她，因为转弯抹角她还算作是我门里的亲戚，她老老实实该叫我为"叔"；再者，家庭的阴影压迫着我，我岂能说破一句话出来？我偷偷地在心里养育这份情爱，一直到了她出嫁于别人了，我才停止了每晚在她家门前溜达的习惯。但那种钟情于她的心一直伴随着我度过了我在乡间生活的第十九个年头。

十九岁的四月的最末的一天，我离开了商山，走出了秦岭，到了西安城南的西北大学求学。这是我人生中最翻天覆地的一次突变，从此由一个农民摇身一变成城里人。城里的生活令我神往，我知道我今生要干些什么事情，必须先到城里去。但是，等待着我的城里的生活又将是什么样呢？人那么多的世界有我立脚的地方吗？能使我从此再不感到孤独和寂寞吗？这一切皆是一个谜！但我还是走了，看着年老多病的父母送我到车站，泪水婆娑地叮咛这叮咛那，我转过头去一阵迅跑，眼泪也两颗三颗地掉了下来。

西大三年
——十五年后的记忆

一九七二年四月二十八日,汽车将一个十九岁的孩子拉进西大校内,这孩子和他的那只绿皮破箱就被搁置在了陌生的地方。

这是一个十分孱弱的生命,梦幻般的机遇并没有使他发狂,巨大的忧郁和孤独,他只能小心翼翼地睁眼看世界。他数过,从宿舍到教室是五二四步,从教室到图书馆是三〇三步。因为他老是低着头,他发现学校的蚂蚁很多。当眼前有了好些各类鞋脚时,他就踽踽地走了,他走的样子很滑稽,一只极大的书包,沉重使他的一个肩膀低下去,一个肩膀高上来。

他唯有一次上台参加过集体歌咏,其实嘴张着并没有发声。所以,谁也未注意过他,这正合他的心境。他是一个没有上过高中的乡下人,知识的自卑使他敬畏一切人,悄无声息地坐在阅览室的一角,用一个指头敲老师的家门,默默地听同窗的高谈阔论。但是,旁人的议论和嘲笑并没有使他惶恐和消沉,一次政治考试分数过低，他将试卷贴于床头，早晚让耻辱盯着自己。

他当过宿舍的舍长，当然尽职尽责，遗憾的是他没有蚊帐，夏夜的蚊子轮番向他进攻。实在烦躁到极致，他反倒冷静了，想：小小的蚊子能吃完我吗？这蚊子或许是叮过什么更有知识的人的，那么，这蚊子也是知识化了的蚊子，它传染给我的也一定是知识吧。冬天里，他的被子太薄，长长的夜里他的膝盖以下总是凉的，他一直蜷着睡，这虽然影响了他以后继续长高，但这样却练就了他善于聚集内力的功夫。

他无意于将来要当作家，只是什么书都看，看了就做笔记，什么话也不讲。当黄昏一人独行于校内树林子里，面对了所有杨树上那长疤的地方，认定那是人之眼，天地神灵之大眼，便充裕而坚定，长久高望树上的云朵，总要发现那云活活的是一群腾龙跃虎。

他的身体先还较好，虽然打篮球别人因个子小不给传球而从此兴趣殆尽，虽然他跳不过鞍马，虽然打乒乓球尽败于女生，但是，当一次献血活动，被抽去300CC之后又将血费购买书了。不久就患了一场大病，再未恢复过来。这好，他却住了单间，有了不上操、不十点熄灯的方便了，但创作活动也于此开始。当今有人批评他的文章多少有病态意味，其实根由也正在此。

最不幸的是肚子常饥，一下课就去站长长的买饭队，叮叮当当敲自己的碗筷，而一块玉米面发糕和一勺大荟菜，总是不品滋味地胡乱扒下。他有他的改善生活日，一首诗或一篇文章写出，四角五分钱的价格，他可以去边家村食堂买一碗米饭和一碗鸡蛋汤。因为饭菜的诱惑，所以他那时写作极勤。但他的诗只能在班壁报上发表。

他忘不了的是授过他知识的每一位老师，年长的，年轻的。他热爱每一个同学，男性的，女性的。他梦里还常梦到图书馆二楼阅览室的那把木椅，那树林子中的一块怪模怪样石头，那宿舍窗外的一棵粗桩和细枝组合的杨树，以及那树叶上一只裂背的仅是空壳了的蝉。

整整十五年后，他才敢说，他曾经撕过阅览室一张报纸上的一块文章，而且是预谋了一个上午。他掏三倍价为图书馆赔偿的那本书，说丢了那是谎言，其实现在还保藏在他的书柜里。他是在学校偷偷吸烟。他是远远看见一个留辫子的女学生而曾做过一首自己也吃惊的情诗。

一九七五年的九月，他毕业了，离开校门，他依旧提着那只绿皮破箱，又走向了另一个陌生的地方。

读书示小妹十八生日书

七月十七日，是你十八生日，辞旧迎新，咱们家又有一个大人了。贾家在乡里是大户，父辈那代兄弟四人，传到咱们这代，兄弟十个，姊妹七个；我是男儿老八，你是女儿最小。分家后，众兄众姐都英英武武有用于社会，只是可怜了咱俩。我那时体单力孱，面又丑陋，十三岁看去老气犹如二十，村人笑为痴傻，你又三岁不能言语，哇哇只会啼哭，父母年纪尚老，恨无人接力，常怨咱这一门人丁不达。从那时起，我就羞于在人前走动，背着你在角落玩耍；有话无人可说，言于你你又不能回答，就喜欢起书来。书中的人对我最好，每每读到欢心处，我就在地上翻着筋斗，你就乐得直叫，读到伤心处，我便哭了，你见我哭了，也便趴在我身上哭。但是，更多的是在沙地上，我筑好一个沙城让你玩，自个躺在一边读，结果总是让你尿湿在裤子上，你又是哭，我不知如何哄你，就给你念书听，你竟不哭了，我感激地抱住你,说:"我小妹也是爱书人啊!"东村的二旦家,其父是老先生,家有好多藏书,我背着你去借,人家不肯,说要帮着推磨子。我便将你放在磨盘顶上,教你拨着磨眼,我就抱着磨棍推起磨盘转,一个上午,给人家磨了三升苞谷,借了三本书,我乐得去亲你,把你的脸蛋都咬出了一个红牙印儿。你还记得那本《红楼梦》吗?那是你到了四岁,刚刚学会说话,咱们到县城姨家去,我发现柜里有一本书,就蹲在那里看起来,虽然并不全懂,但觉得很有味道。天快黑了,书只看了五分之一,要回去,我就偷偷将书藏在怀里。三天后,姨家人来找,说我是贼,我不服,两厢骂起来,被娘打过一个耳光,我哭了,你也哭了,娘也抱住咱们哭,你那时说:"哥哥,我长大了,一定给你买书!"小妹,你那一句话,给了兄多大安慰,如今我一坐在书房,看着满架书籍,我就记想那时的可怜了。

咱们不是书香门第,家里一直不曾富绰,即使现在,父母和你还在乡下,地分了,粮是不短缺了,钱却有出没入,兄虽每月寄点儿,也只能顾住油盐酱醋,比不得会做生意的人家。但是,穷不是咱们的错,书却会使咱们位低而人品不微,贫困而志向不贱。这个社会,天下在振兴,民族在发奋,咱们不企图做官,以仕途之路做功于国家,但作为凡人百姓,咱们却只有读书习文才能有益于社会啊。你也立志写作,兄很高兴,你就要把书看重,什么都不要眼红,眼红读书,什么朋友都可抛弃,但书之友不能一日不交。贫困倒是当作家的准备条件,书是忌富,人富则思惰,你目下处境正好逼你静心地读书,深知书中的精义。这道理人往往以为不信，走过来了方才醒悟，小妹可将我的话记住，免得以后"悔之不及"。

兄在外已经十年，目不敢忘了读书，所作一二篇文章，尽属肤浅习作，愈使读书不已。过了二月二十一日，已到了而立之年，才更知立身难，立德难，立文难。夜读《西游记》，悟出"取经唯诚，伏怪以力"，不觉怀多感激，临风而叹息。兄在你这般年纪，读书目过能记，每每是借来之书，读得也十分注重，而今桌上、几上、案上、床上，满是书籍，却常常读过十不能记下四五，这全是年龄所致也，我至今只有以抄写辅助强记，但你一定要珍惜现在年纪，多多读书啊。

既有条件，读书万万不能狭窄。文学书要读，政治书要读，哲学、历史、美学、天文、地理、医药、建筑、美术、乐理……凡能找到的书，都要读读。若读书面窄，借鉴就不多，思路就不广，触一而不能通三。但是，切切又不要忘了精读，真正的本事掌握，全在于精读。世上好书，浩如烟海，一生不可能读完，且又有的书虽好，但不能全为之喜爱，如我一生不喜食肉，但肉却确实是世上好东西。你若喜欢上一本书了，不妨多读：第一遍可囫囵吞枣读，这叫享受；第二遍就静心坐下来读，这叫吟味；第三遍便要一句一句想着读，这叫深究。三遍读过，放上几天，再去读读，常又会有再新再悟的地方。你真真正正爱上这本书了，就在一个时期多找些这位作家的书来读，读他的长篇，读他的中篇，读他的短篇，或者散文，或者诗歌，或者理论，再读外人对他的评论，所写的传记，也可再读读和他同期作家的一些作品。

这样，你知道他的文了，更知道他的人了，明白当时是什么社会，如何的文坛，他的经历、性格、人品、爱好等等是怎样促使他的风格的形成。大凡世上，一个作家都有自己一套写法，都是有迹而可觅寻，当然有的天分太高了，便不是一时一阵便可理得清的。兄读中国的庄子、太白、东坡诗文，读外国的泰戈尔、川端康成、海明威之文，便至今于起灭转接之间不可测识。说来，还是兄读书太少，悟觉浅薄啊！如此这番读过，你就不要理他了，将他丢开，重新进攻另一个大家。文学是在突破中前进，你要时时注意，前人走到了什么地方，同辈人走到了什么地方。任何一个大家，你只能继承，不能重复，你要在读他的作品时，就将他拉到你的脚下来读。这不是狂妄，这正是知其长，晓其短，师精神而弃皮毛啊。虚无主义可笑，但全然跪倒来读，他可以使你得益，也可能使你受损，永远在他的屁股后了。这你要好好记住。

在家时，逢小妹生日，兄总为你梳那一双细辫，亲手要为你剥娘煮熟的鸡蛋。一走十年，竟总是忘了你生日的具体时间，这你是该骂我的了。今年一入夏，我便时时提醒自己，要到时一定祝贺你成人。邻居妇人要我送你一笔大钱，说我写书，稿费易如就地俯拾，我反驳，又说我"肥猪也哼哼"，咳，邻人只知是钱！人活着不能没钱，但只要有一碗吃，钱又算个什么呢？如今稿费低贱，家岂是以稿费发得？！读书要读精品，写书要立之于身，功于天下，哪里是邻居妇人之见啊！这么多年，兄并不敢侈奢，只是简朴，唯恐忘了往昔困顿，也是不忘了往昔，方将所得数钱尽买了书籍。所以,小妹生日,兄什么也不送,仅买一套名著十册给你寄来,乞妹快活。

暗恋

在 80 年代中，我写过一首小诗，名为"单相思"。诗是这样写的：世界上最好的爱情 / 是单相思 / 没有痛苦 / 可以绝对勇敢 / 被别人爱着 / 你不知别人是谁 / 爱着别人 / 你知道你自己 / 拿一把钥匙 / 打开我的单元房间。这首诗是为了追忆我平生第一次爱上一个女子的感觉。爱着那个女子的时候，我没有勇气给她说破。十多年后写这首诗，我的读者并不知道它的指向。而巧的是，我的一位老乡来西安做事时，来到我家，提到他买过那本诗集，竟然在买书时那女子也在场，他们站在路边读完了全部诗句。说者无意，听者有心，我问他："×××读过之后说什么啦？"他说："她笑了笑，一句话也没说。"我觉得很悲哀。这位老乡见我遗憾的样子，企图要安慰我："她哪儿懂诗？倒是她抱着的那只猫说了一个字'妙'！"他说完，"哈哈"地大笑起来，我也随之笑了。我一时的感觉里，她是理解了我的诗，也一定明白了这是为她而写的，但她已经早为人妻了，她的灵魂只能指使了猫来评说！

我最早对她留意，应该追溯至在魁星楼上睡午觉。魁星楼在我们村的大场边，楼南边就是一直延伸到河堤的水稻田。两人多高的楼台上，四面来风，又没蚊子，凡是没结婚的人整个夏天的晚上和午休都睡在那里，村人叫"光棍儿楼"。这一个中午，吃过了午饭，我们去丹江玩儿了一会儿水，就爬上楼"呼呼"地睡着了。但一个鸟总在楼台边叫，我睁眼看看，就看见了她一边打着绒线衣一边从官路上走过去，绒线团却掉在地上，她弯下腰去捡，长长的腿蹬直着，臀部呈现出的是一个大的水蜜桃形。几乎她也是听到了鸟叫，弯下的身子将头仰起来，眼睛有点泊，脖子细长长地勾勒出个柔和的线条。我的心咯噔地响了一下。我是确实听见了我心的响声，但我立即俯下头去，害怕让她看见了我正在看她。

从此，我就在乎起她了，常常就见到，见到就愉快。她与我不是一个姓氏，按村里辈分排起来，有错综复杂的关系，她是该叫我叔的。初中毕业的时候，我是浑然不觉的愣小子，还嘲笑过她的皮肤黑，腮上有一颗麻点，可现在却发现她黑得耐看，有了那一颗麻点更耐看。我知道我是爱上她了，我也明白我与她绝不可能有什么结果。辈分异同，宗族有仇，而我家又沦落成人下之人，但我无法摆脱对她的暗恋。每天上工的铃响了，我站在门前的土涧上往小河里看，村里出工的人正从河上的列石上走过，我就看人群中有没有她。若是有她了，陡然地精神亢奋，马上也去上工，并会以极自然的方式凑在一块儿劳动，那一天就有使不完的劲儿，说不完的话，而且话能说得风趣幽默；若是人群里没有了她，我出工是出工了，却嗒然若丧，与谁也不说话，只觉得身子乏，打哈欠。

　　生产队办公室与她家近，每天晚上去办公室记工分，原来是要弟弟去的，但我总是争先恐后，谋的是能经过她家院门口。她家的门总是半开半闭，望进去，院内黑黢黢的，仅堂屋里有光，我很快就走过去，走过去了又故意寻个原因返回来，再走过去，希望她能从院门里出来。有一次她是出来了，但院门外左侧的厕所里咳嗽了一声，她的嫂子的脑袋冒出了厕所土墙，姑嫂俩就隔了土墙说话。我贼一样地逃走了，千声万声恨那嫂嫂。心里有了鬼，我是不敢进她家去的，怕她家的人，也怕她家的狗。等我回到家里，我憎恨自己的怯弱，发誓明日上工见到她了，一定要给她说破我的心思。可第二天见了面，话说得多，却只是兜圈儿，眼看着兜圈要兜到圈中了，一拐又说起不咸不淡的话。于是，那时我老希望真有童话里的所谓"隐身帽"，那样我就可以戴上去她家，坐在她的小屋炕沿上，摸摸她照脸的镜子，摸摸她枕过的枕头。甚至幻想我们已经是心有灵犀一点通了，有了约会的暗号，我掷一颗小石子在她家院里，她就立即出来，我们到那水磨坊后的杨树林子里去……有一次，我和村里一个很蛮横的人在一起挖地，他说："我恨不是旧社会哩！"我说："为啥？"他说："要是旧社会，我须抢了×××不可，做不成老婆，我也要强奸她！"我吃了一惊，原来他也想着她，但我恨死了这个人，我若能打过他,我会打得他趴在地上,扳了他的一嘴牙,让他的嘴变成屁眼儿的。

我已经感觉到她也喜欢我了,她的眼睫毛很长,对我笑的时候就眯了眼,黑黝黝的像一对毛毛虫。而且越来越大方,什么话我把她噎急了,就小孩子一样地叫喊"不么,不么",拿了双拳头在我身上捶。那一个晚上,生产队加班翻地,歇气儿时在地头上燃了一堆篝火,大家都围上去听三娃说古今。她原本和几个妇女去别处方便了,回来见这边热闹,说:"我也要听!"偏就挨着我和另一个人的中间往里插,像插楔子般地插坐进来了。我双手抱了膝盖,一动不动,半个身子却去感觉她。半个身子的血管全都活跃起来,跳得咚咚响。三娃说了一通古今,有人就让说"四硬""四软""四香""四臭",还有"四难听"。这四溜句形象生动,但带点颜色。比如"四软":新媳妇的舌头猪尿泡,火晶柿子女娃子腰。她就不好意思听下去,起身走了。她一走,三娃透漏了一个惊人的消息,说是她的父母为她在找婆家哩,而且已经从山外,即关中平原的某县来了一个青年相亲了。我神情自然落寞,回家后没有睡好。

第二天,我在荷花塘挖排水沟,看见一个黑红脸的小伙子也在塘边蹲着,观水里的游鱼,有人说那就是她家来的山外人。我走过去,问:"你是从山外来的?"他说:"嗯。你们这儿水真多。"我说:"听说了,女子嫁到山外,得尿三年黑水哩!"他说:"我们那儿能吃蒸馍!"我说:"蒸馍吃得你那么黑、那么瘦!?"他站起来要走,我不让他走,在排水沟里抓了一条黄鳝向他扔去，吓得他哇哇大叫。我就骂道："你滚回山外去吧！"那么一个小男人，有什么地方比我好呢？他真的是来要把她娶走吗？

　　晚上，我又去记工分，她也在办公室，站在门口给我使眼色，她是从来没有这个眼色的，我是那么驯服，竟乖乖地跟了她走。我们一直走到黑乎乎的戏楼前，那里有个辘轳，她立在辘轳的那边，我立在辘轳的这边。我盼望已久的时刻来临了，真想弯过身去拉拉她的手，但没出息的我浑身发抖，牙齿也咯咯咯地磕打。她说："平叔，你冷啦？"我说："不，不冷。"她扑哧地笑了，突然说："我家来了个山外人，你知道不？"一提山外人，我就生气，闷了半会儿，说："是那个黑赖薯？"黑赖薯是红薯的一种，颜色发黑，常被用来作践人的。她没有恼，说："老鸦还笑猪黑呀，你觉得我去不去？"我那时竟蠢，毫无经验，一瞬间里被她证实了相亲的事令我冲动。如果不愿意，那人能在你家住这么多天吗？既然你是同意着要去了，你来给我说什么，是成心羞辱我吗？我硬硬地说："那是你的事，我又不是你肚子里的蛔虫！"她久久地立在那里，没有说话，还蹬了一下辘轳，后来转身走了。我们在无人处单独的说话就这么短，又是这么不欢而散。

　　第一次的恋爱，使我恋得头脑简单，像掮着竹竿进城门，只会横着，不会竖着。那晚分手后，我倒生气得不愿再见她，发誓不去想她。可是，不去想她，偏又想她，岂能不想她呢？我躺在牛头岭上的地里看云，猛地醒悟她能把这件事说给我，并且听了我的话生气而走，正是说明她心里还有着我呀！她或许面临两难，拿不定主意；或许是以此事来试探我爱的程度。我翻身坐起，决定着寻个机会再见她一面，我要勇敢地捅破这层纸呀！但是一连十多天，却再也没有见到她，我以为她是跟了那山外人走了，后来才知道她被抽调到生产大队文艺宣传队，早出晚归。文艺宣传队在西街的一座古庙里排演，我去了数次，每到庙后，听见庙里人声喧哗，就又怯于进去。那一个早晨，我是起床很早的，借口去荷花塘里给猪捞浮萍草，就坐在塘边的路上等她去庙里。她是出现了，但同她一起的还有两个人，我只好钻入荷塘，伏在那里，头上顶着一片枯荷叶，看着她从前边的路上走过。她的脚面黑黑的，穿着一双胶底浅鞋，走一条直线，轻盈而俊俏。不久，听三娃说，关中的那个黑小子回去了，原本十有八九的婚事不知怎么就又不行了。我听了甚为高兴，三娃那日是在猪圈里起粪的，我很卖力地帮了他一上午。

一个黄昏，是那种大而红的太阳落在山垭上，而红光又匆匆地灼蚀了我家厦子房土墙的黄昏。家里人都出去了，我一个人趴在卧屋炕沿上看《水浒传》。先是听得见细风把落叶和柴草吹得在院子里沙沙地响，后来就什么也听不到了，只是月夜里石秀提了刀在青石街上奔跑。倏忽，院门里响了一下，有人问："人在没？"故意踏动着沉重的脚步就走进来，一直到了堂屋门口。书上的光线暗了一下。我仄了头从卧屋小门往外一看，竟然是她！立即欢喜起来，欢喜得手脚无措，给她取凳子，又要取壶倒水，过门槛时竟把脚趾头踢了一下。她说："哟，我这么重要呀！"

秋日

服装与花

我说："你第一回来嘛……"她说："看什么书？贼把你偷了都不知道！"她手里拿着一块米饭的锅巴，嘴里还嚼着。我从炕上取了书给她看，她趴身子过来，她的头发毛烘烘地拂着了我的脸，我没有动。她把手中的锅巴喂给我，我小小咬了一口。我这时完全是在梦里，心跳得厉害，满脸通红，差一点在咬锅巴时咬向了她的嘴。但我又不敢，额头上鼻尖上都是汗。接着，一种离奇的事发生了。我似乎感觉我的灵魂从身子里脱离出来，悬在了半空。我清清楚楚地看见了我的身子开始忙乱地翻箱倒柜要给她找些可吃的东西，但堂屋没有；又搭了凳子从木梁上吊下的竹篓里拿柿饼柿皮。柿饼柿皮也没有了，我骂了一句馋嘴的弟弟，站住发了一下呆，小跑去厨房的筛子里抓了一把红薯片儿给了她。她不接，母亲就从院外抱了一大捆干苞谷秸从门里挤进来了。她大声说："婆，你让我叔趴在那里看书，要把眼睛看坏呢！"

我们的恋情，发展到此即是最高潮了。这是一开始就注定不能成功的恋爱，以后在苗沟水库工地上，恋情还在继续，但直至我离开农村来到西安读书，两个人的关系都没有说破。大学暑假探亲时仅仅在路上见过一面，她已经是别人的媳妇了，而且厮跟着她的侄女。我们只说过几句话，从此几十年没有遇见过。现在的社会一切都在速成着，包括爱情。有人告诉我，他们报社曾调查过100名未结婚的女孩子，竟有87人坦然地承认她们有过性的经验，且不是同一个男朋友。但也说："没有刻骨铭心的快乐和痛苦，记不住什么细节了。"我羡慕着她们，也幸运着我的经历。欢乐和烦恼是生命的基本内容。作为人，就是要享受欢乐也要享受烦恼，而苦难构成了我们这20世纪50年代出生的人的命运。拯救苦难唯一的是爱情，不管它的结局如何。在漫长的有生之途，我们是一头老牛了，反刍的总是甜蜜。前几年流行于城市大街小巷的歌曲《小芳》，虽然我在厌恶着歌曲是唱那个抛弃了真情过后又有一丝淡淡的忏悔的男人，可每当听人唱起，却也想起了那个我本不是她的叔，她却口口声声叫我叔的女子。古人说，妻不如妾，妾不如妓，妓不如偷，偷不如偷不成。古人说这话的时候其意是要批评的，但人的本性里确有一种珍贵得不到的东西的秉分。初恋常常是失败的，而时过境迁，把人性中的弱点转化成了一种审美，这就是初恋对于人到中年者的意义。每个人都要恋爱，每一本书里都写着爱情的故事，所以，我的这一段初恋并不足夸，我也不愿意将在乡下的五年写成苦难加爱情的内容。炫耀失败的恋爱是一个事业成功的人的话题。我或许有虚名，但我并未成功，我之所以记录着这件事，因为这段生活无法回避它。

在女儿婚礼上的讲话

我二十七岁有了女儿,多少个艰辛和忙乱的日子里,总盼望着孩子长大,她就是长不大,但突然间她长大了,有了漂亮、有了健康、有了知识,今天又做了幸福的新娘!我的前半生,写下了百十余部作品,而让我最温暖的也最牵肠挂肚和最有压力的作品就是贾浅。她诞生于爱,成长于爱中,是我的淘气,是我的贴心小棉袄,也是我的朋友。我没有男孩,一直把她当男孩看,贾氏家族也一直把她当作希望之花。我是从困苦境域里一步步走过来的,我发誓不让我的孩子像我过去那样的贫穷和坎坷,但要在"长安居大不易",我要求她自强不息,又必须善良、宽容。二十多年里,我或许对她粗暴呵斥,或许对她无为而治,贾浅无疑是做到了这一点。当年我的父亲为我而欣慰过,今天,贾浅也让我有了做父亲的欣慰。因此,我祝福我的孩子,也感谢我的孩子。

女大当嫁，这几年里，随着孩子的年龄增长，我和她的母亲对孩子越发感情复杂，一方面是她将要离开我们，一方面是迎接她的又是怎样的一个未来？我们祈祷着她能受到爱神的光顾，觅寻到她的意中人，获得她应该有的幸福。终于，在今天，她寻到了，也是我们把她交给了一个优秀的俊朗的贾少龙！我们两家大人都是从乡下来到城里，虽然一个原籍在陕北，一个原籍在陕南，偏偏都姓贾，这就是神的旨意，是天定的良缘。两个孩子生活在富裕的年代，但他们没有染上浮华习气，成长于社会变型时期，他们依然纯真清明，他们是阳光的、进步的青年，他们的结合，以后的日子会快乐、灿烂！

在这庄严而热烈的婚礼上，作为父母，我们向两个孩子说三句话。第一句，是一副对联：一等人忠臣孝子，两件事读书耕田。做对国家有用的人，做对家庭有责任的人。好读书能受用一生，认真工作就一辈子有饭吃。第二句话，仍是一句老话：浴不必江海，要之去垢；马不必骐骥，要之善走。做普通人，干正经事，可以爱小零钱，但必须有大胸怀。第三句话，还是老话：心系一处。在往后的岁月里，要创造、培养、磨合、建设、维护、完善你们自己的婚姻。

今天，我万分感激着爱神的来临，它在天空星界，江河大地，也在这大厅里，我祈求着它永远地关照着两个孩子！我也万分感激着从四面八方赶来参加婚礼的各行各业的亲戚朋友，在十几年、几十年的岁月中，你们曾经关注、支持、帮助过我的写作、身体和生活，你们是我最尊重和铭记的人，我也希望你们在以后的岁月里关照、爱护、提携两个孩子,我拜托大家,向大家鞠躬!

说棣花

棣花是十六个自然村。

白家垭的白亮傍晚坐在厦子屋门槛上吃饭,正低头在碗里捞豆儿,啪的一下,院子里有了一条鱼,鱼在地上蹦跶。白亮以为谁从河里钓了鱼给他扔进来,就说:"谁呀?!"没有回应,开了院门出来看,一个人背身走到巷口了,夕阳照着,看不清那是谁,但那人似乎脚不着地,好像在水上漂,又好像是被什么抬着,转过巷头那棵柳树就不见了。

白亮想是不是三海,他给三海家垒过院墙,三海一直感激他,钓了鱼就送了他一条?但三海害病睡倒一个月了,哪里能去钓鱼?是白路的二儿子水皮?水皮整天去钓鱼哩,钓了鱼就拿到公路上卖给过往的司机,咋能平白无故地给他一条呢?!

白亮回到院子再看鱼,鱼身上没有鳞片,有一小片云,如一撮棉花,知道了鱼是从天上掉下来的。

天上有银河，银河里还真有水，水里有鱼？或者，是鹳从棣花河叼了鱼飞过院子，不小心松了口，把鱼掉了下来？

白亮觉得是好事，还往天上看了许久，会不会也能掉下馅饼。但天上没有馅饼，起了悠悠风，风把一片杨树叶子吹了来，贴在他脸上，盖了一只眼。他把鱼捡回屋炖了。

第二天，白亮到河里担水。河边的浅水里一只猫和一条鱼搏斗，鱼可能是游到了浅水滩上，猫就去叼，鱼摆着尾打水花，猫几次都跌坐在水里。白亮放下桶去撵猫，却发现那鱼身上长了毛和翅膀，正疑惑，鱼游进深水里不见了。

鱼怎么长毛和翅膀呢？

白亮更看见了奇怪的事，几乎就在那条鱼游进深水后，突然在河上游的百米远，一群鱼从水里跃出来，竟然就飞到空中，而同时空中又有一群鸟飞下来一只一只入了水。然后，轮番从天上到河里，从河里到天上，一会儿是鱼，一会儿是鸟，循环往复。

从此以后，白亮行为做事和人不一样。比如，和邻居为庄基红过脸，邻居骂他是吃草长大的，他说，是呀，吃草长大的。村里人事后说，你咋能让他那样骂你？他说就是吃草长大的呀，菜不是草吗，米和面还不是草籽磨的？他走路也不像以前的姿势了，胳膊前后甩得很厉害，像是狗刨式的，在河里游泳。别人笑他，他说："你以为空气不是水？"

贾塬村的五福练气功，练了三年，就练成了。他让一些妇女闭眼站着，然后在五步之外发功，问："有凉飕飕的风吗？"妇女说:"啊,啊,是凉飕飕的。"棣花人都知道了五福有气功,让五福用气功治病。五福治病不治头痛脑热,他觉得那不是病,喝碗姜汤捂捂汗就好了,他只治癌症。棣花患癌症的人多,没钱去省城医院动手术,而五福发功治病不收费的,说:"给我传个名就行。"

五福治病很讲究地点,一般都在村后的崖底,崖底有一棵百年老柏,他趴在树上要采一会儿气,再叫病人坐了,开始推开手掌,要把一股子气发出去。一九九八年七月十四日,他正发功,天上起了风,风是狂风,一下子把他吹起,啪地甩到半崖壁上。风过去了,他从崖壁上掉下来,人已经成了肉泥饼子。

东街有个二郎庙,庙前就是魁星楼,庙和楼中间的场子很大,棣花人习惯叫那是庙场子。拴劳住在庙场子后边,人丑,家又贫,但他有一个好被单子。整个夏天,拴劳都不在家里睡,嫌家里热,又有蚊子,天黑就披着被单子去庙场子了。他在庙场子扫一块净地,盖着被单睡下了,第二天一早,却总是从魁星楼上下来。魁星楼很高,攀着楼墙的砖窝可以上到第三层,上面风畅快。村里人都说拴劳半夜里披着被单就飞上楼了,传得神乎其神,但问拴劳,拴劳只是笑,没承认,也没否定过。

后来,拴劳去西安讨好生活了,走时就带着被单子,一走三年再没回来。不知怎么,村里都在议论,说拴劳在西安以偷窃为生,能飞檐走壁,因为他有被单子。

到了二〇〇三年,到处闹"非典",棣花十六个自然村组织了防护队，严防死守不准从西安来的人进村。拴劳偏偏就回来了，防护队一声喊地撵他，撵到棣花西头的砭崖上，砭崖下就是河。有人说："不敢再撵了，再撵就掉到河里了。"又有人却说："没事，他能披被单子飞天哩。"防护队举着棍棒还往前撵，拴劳就从砭崖上跳下去了。

拴劳跳下去是死了还是活着，反正从此再没回来过，也没有他的消息。

冬季里，砭崖上出现了许多蝙蝠，有人说是不是拴劳变成了蝙蝠，因为蝙蝠的翅膀张开来像是披着一块小被单子。立即有人反对这种联想：怎么可能呢？蝙蝠的被单是黑的，拴劳的被单是白的。

巩家涧村的上槽在给自行车充气的时候受了启发，就整天练着用手抓空气。抓一把，就扔出去砸旁边的狗，但狗总是没反应。这一天他又在练习，听到巷口有人叫他，上槽上槽，叫得生紧。抬头看时巷口起了烟，灰腾腾的，先是一股冲过来，到跟前了却是一只狗。再是一疙瘩烟已经到头顶上了，拿了笤帚便打，竟然打着了，掉下来一只扑鸽。扑鸽在地上扑腾了一阵，又飞走了。后来有两团烟互相交融纠结地过来，他想着：这是啥？定睛盯着，两团烟是他大他妈，背着两篓子红薯，惊得他张嘴叫不出声了。

他大说："十声八声喊不应你？到地里背红薯去！"

上槽瓷着眼看着他大他妈，还用手扇了一下，他大他妈不是烟呀,烟一扇就散的。

他大说:"你咋啦?"

上槽说:"哦,我眼睛雾很。"

他大说:"年轻轻的雾啥眼?"

上槽要放下笤帚,笤帚突然软起来,一溜烟从指头缝里飘了去。而且看巷口外的路上,烟雾更浓,烟里有乱七八糟的人声。平日在夜里,夜即便黑得像漆,他坐在院门口,村道里一有脚步声,他也就知道这是谁来了。现在他听出说话的有二爷,有来喜伯和他老婆,有春草、蝉婶子。但他能听见声音就是看不到人,人都是一片子烟,或浓或淡,是絮状也是条状。

上槽就跟着那片烟走,一会儿看见他们有人形了,一会儿又都是烟。

上槽最后是从巷口走到巷外的土路上,一直到了河滩地,背了那里挖出来的一篓红薯。往回走时,却不知道了怎么回去,因为他发现村子的那个方向并没有了村子,所有的房子、树,连同土路,除了烟,都不见了。立了好久,那烟像蘑菇一样隆起,在空中酝酿翻腾,忽然扑塌下去,渐渐地又变成房子、树,还有直直的一条土路,土路上蹦跶着蚂蚱。

上槽把他看到的情景告诉给村人,村人全是一个口气,说你眼睛有毛病了。上槽就觉得自己眼睛肯定有毛病了,不出半年,眼睛便瞎了。

中街村刘家的儿子名字没起好,叫刘榆。榆树总是拗着长,这刘榆也三十年了一直和他大拗劲。他大说:"今日太阳出来了,把被子拿出来晒晒。"他却去给鸡垒窝。他大说:"今年自留地里栽些辣苗吧。"他偏种了土豆。

他大活到五十六岁时得了鼓症,临死时想把自己坟修在村后的牛头坡上,棣花的坟地都在牛头坡上,只是花销大。他大说:"我死了,别铺张浪费,就埋到河滩的自家地吧。"刘榆想:几十年了和大都拗着,这一次得听大一次。他大死后,果然就把大埋在河滩自家地里。第三年,河里发大水,冲了河滩地,刘榆他大的坟也冲没了。

河里原来产一种白条鱼,发大水后新生了昂哧鱼,之所以是昂哧鱼,这鱼自呼其名,昂哧昂哧叫,像是叹气。

野猫洼村出了个懒人,叫宽心,一辈子没结婚。他死的时候,眼睛都闭上了,嘴还张着,来照料他的邻居就看见一股白气从嘴里出来,一溜一溜地从窗格中飘去了。撵出来看,白气没有散,飘到那棵椿树顶上了,成了一片云,扇子大的一片,往西再飘。

云飘到西街村,好像停了一下,像思考的样子。阳光将云的影子投在老田家的屋顶上,但很快又走了,经过了后塬村,又经过了巩家湾,最后在崖底村葛火镰家的院子上空不动了。

葛火镰家养着一头公猪,公猪专门给棣花所有的母猪配种的,这一天正好骆驼项村的陆星星拉了母猪来配,云的影子就罩在母猪身上,白猪变成了黑猪。陆星星往天上一看,一片云像个手帕掉下来，他还下意识地躲了一下身子，似乎那云要砸着他。但云没砸着他，而且什么也没有了，他就把母猪牵回了家。

母猪后来生崽，往常母猪一生一窝崽，这回只生了一个崽。这崽样子还可爱，就是不好好长，已经半年了，又瘦又小，与猫常在一处玩。陆星星说："你是猪呀你不长？！"它还是不长，到了年底，仅仅四五十斤，还生了一身红绒毛。

第二天早上，棣花流行猪瘟，死了八头猪，其中就有这头猪。猪死时，陆星星也发现有一股白气从猪嘴里溜出来，往空里飘了。在空里成了一片云，这云片更小，只有手掌大。

云飘过北塬村上空，起了一阵小风，云就往南飘，又飘回野猫洼村。野猫洼村的芦苇园也飘芦絮，云和芦絮搅在一起，分不清是一疙瘩芦絮还是云，末了，一只蜂落在丁香树的花瓣上，芦絮就挂在树枝上，而云却没了。

丁香花谢后生了籽，籽落在地上的土缝里，来年生出一棵小丁香树。这小树长了两年还是个苗子，放牛的时候，牛把苗子连根拔出来嚼了。苗子一拔出来，是又有一丝白气飘了，但在空中始终没变成云，铜钱大的一团白气。白气移过了院墙，院墙外的水渠沟里有许多蚊子，后来就多了一只蚊子。

这蚊子能飞了，有一夜飞到打麦场上，那里睡了乘凉的人，蚊子专叮人腿，啪地挨了一掌，就掌死了，再没有云，连一点儿白气都没有。

雷家坡村其实没有姓雷的，是两大族姓，一个姓雨，一个姓田。姓田的都腿短脖子粗，姓雨的高个窄脸，但姓田的男人多，姓雨的女人多，姓田的就控制着村子。

棣花北五十里地的洛南县有煤窑，早年姓田的一个男子在那里当矿工，后来承包了一个煤窑，逐渐做大，成了有钱的老板，便把村里姓田的男人都带去挖煤，姓田的人家就过上了好日子。姓雨的人家还穷着，女人们就只好到棣花的保姆培训班上报名，她们长得好看，性情也柔顺，培训完后西安的保姆中介公司挑去了七八个，全送去了一些高级领导干部的家里。

二〇〇〇年春节，挖煤的回来了，都有钱，先集体在县上住了一晚宾馆才回村，而那些保姆没有回来。姓雨的说挖煤的在县宾馆住了一夜，吃肉喝酒，还招了妓女，离开后，妓女尿了三天黑水。

春节一过，姓田的男人又去了煤窑，正月二十四那天，井下瓦斯爆炸，没有一个活着出来。而就在这天，七八个保姆回到村里，她们给村里人说，都曾经跟着主人去过广州或北京，坐的飞机，飞机上有厕所，拉屎尿尿就漏在空中，在空中什么都没有了。

每年四月初八棣花的庙会上要耍社火，中街村准备两台芯子，一台是走兽和地狱，一台是飞禽和天堂。正做着，有人担心这是暗喻雷家坡村，会惹是非，后来就取消了。

药树梁村在棣花的西北角，除了独独一棵大药树外，坡上枣树很多，枣树每一年都有被雷击的。被雷击过的枣木有灵性，县城关镇的阴阳先生曾来寻找雷击枣木做法器,而药树梁村的人出来口袋里也都有枣木刻成的小棒槌,说能避邪护身。

在三年前夏天,有良在坡上放牛,天上又响炸雷,有良赶着牛就下坡,雷这回没击枣树,把有良击了,但没有击死,脊背上有了一片文字。说是文字,又不是文字,棣花小学的老师也认不得,那是十八个像字的字,分三行,发红,像被手抓出的,却不疼不痒。

有良在当年的秋末瘫了,手脚收缩,做不了活,吃饭行走也不行了,整天得坐在家里的藤椅上,让端吃送喝。但有良知道啥时刮风下雨,有一天太阳红红的,他说一会儿有冰雹哩,谁也不信,但一锅旱烟没吃完,冰雹就噼里啪啦下来了。

还有一回,已在半夜里,有良叫醒家人,说天上掉石头呀,快到院里去。家人知道他说话应,都起来到院子,一直坐到天亮,没有什么石头,才要回屋时,突然天空一团火光,咚的一声,有东西砸在屋顶。过了一会儿进去看了,屋地上果然有一块石头,升子大,把屋顶砸了个洞,地上也一个坑。

西街村的韩十三梦多,一入睡就做梦,醒来又能记得梦的事。他三岁时梦到的都是他成了个老头,胡子又白又长,常拿了一把木剑到一个高墙上去舞。他把梦说给旁人,人都笑他:"高墙上能舞剑?"但觉得他每天都做梦,梦醒又给人说梦,很好玩的,见了便问:"碎仔,又做啥梦了?"韩十三就说他在一个地方走,路很长很宽,两边都是房子,房子特别高,一层一层全是玻璃，路上有车，车多得像河水，一个穿白衣裳的人像神婆子一样指手画脚。村人有走过西安的，觉得这像是西安，就又问："那是街道，街上还有啥？"韩十三说："路边都是树，树上长星星。"

往后，随着年龄增长，韩十三的梦越来越离奇，但全是城里的事。他在小学时，就梦见自己在一家饭店里炒菜，戴很高很高的帽子，他不炒土豆丝，也不炒豆芽，炒的尽是一些长得怪模怪样的鱼和虾。到了中学时，他梦见自己拿着八磅锤、锯，还有刷墙的礤子，他在给人家刷墙时，那女主人送给他了一件制服，但也骂过他。

这样的梦做了三年，中学毕业后没有考上大学，就一直在村里劳动，还当过村会计，又烧过砖瓦窑，娶妻生子。梦还在做，梦到了城里，才知道早先梦到了人在高墙上舞剑，那墙是城墙，从城墙上能看见不远处的钟楼，钟楼的顶金光闪闪。那时，村里人有去西安打工的，他问："西安有个钟楼吗？"回答说有。又问："城墙上能开车吗？"回答说能。韩十三就决定也去西安打工。

到了西安，西安的一切和他曾经的梦境一样，他甚至对那里已十分熟悉，还去了他当厨师的酒店，酒店门口是有两个石狮子，右边的一个石狮子眼睛上涂着红。但是，韩十三初到西安，没有技术也没有资金，他只好去捡破烂。捡破烂第一天就赚了三十元，这让他非常高兴，想着一天赚三十元，十天就是三百元，一个月九百元呀！第二天，他起得很早上街了，却被一辆运渣土的卡车撞倒，而司机逃逸，一个小时后才被人发现往医院送，半路上把气断了。这一年他三十岁。墓前立了个碑子，上面刻了生于一九八〇年，逝于二〇一〇年。但不久，刻字变了，是生于一九八〇年，逝于二〇四〇年。村人不知这刻字怎么就变了？

棣花乡政府设在中街村，是一个大院子，新修的高院墙，新换的大铁门，但门卫还是那个旧老汉。老汉姓夜，从年轻起人叫他不叫老夜，嫌谐音是老爷，就叫他老黑。

老黑从一九五八年就在这里当门卫，那时乡政府是公社，今年老黑八十岁，眼不花，耳不聋，身体特别好，乡政府还雇他当门卫。棣花的人其实寿命都不长，差不多每个人家都有着遗憾，比如有些人，日子恓惶了几十年，终于孩子大了，又给孩子娶了媳妇，再是扒了旧屋，盖了一院子新房，家里粮食充足，吃喝不愁，说："这下没事了，该享清福呀！"可常常是没事了才二年，最多五年，这人就死了。但老黑活到八十岁，还精神成这样，很多人便请教他的健康长寿秘诀。老黑说，他是每个大年三十儿晚上，包完饺子了，就制订生活计划的。他的生活计划已经制订到一百二十岁，每一岁里要干什么，怎么去干，都一一详细列出。中街药铺的跛子老王看过老黑一百岁那年的计划，过后给人说，老黑这一年的计划是五月份给孙子的孙子结婚，结婚用房得新盖，他要资助三千元。再是把院子里的井重新淘一下，安个电水泵。再再是，那一年应该是乡政府要换届，要来新的乡长了，这是陪过的第四十五位乡政府领导,他力争陪过七十位。

乡政府院子西墙外有一棵老楸树,这树不是乡政府的,是刘反正家的。棣花再没有这么大的树了,黄昏的时候,中街村的人喜欢在树下说闲话,当然说到这树活得久,说老黑也活得久,有一个叫宽喜的人,就也学着老黑订计划,计划他也要活过一百岁。

宽喜只活了六十二岁就死了。

而中街村还有一个人,叫牛绳,牛绳的日子艰难,整天说啥时死呀,死了就不泼烦了。他来问老黑:"宽喜也心劲大着要长寿,咋就死了,你这计划是不是不中用?"老黑说:"宽喜是县上干部,退休没了事,阎王爷哪会让没事干的人还活在世上?订计划是订着做不完的事哩,不是为了活而活的。宽喜想活他活不了,你想死也死不了,因为你上有老下有少,你任务没完成哩你咋死?"

这话说过半年,有一天夜里,老黑在院门口坐着,听见楸树咯吱咯吱响,好像在说:"唉,走呀,我走呀。"

第二天,刘反正得了脑溢血死了,他儿子伐了楸树给他大做了棺材。

乡政府大院门口从此没了那棵树,而老黑还在,新一任的乡长才来了七天,老黑每晚要给新乡长说着一段棣花的历史。

秦腔

　　山川不同，便风俗区别，风俗区别，便戏剧存异；普天之下人不同貌，剧不同腔；京、豫、晋、越、黄梅、二黄、四川高腔，几十种品类；或问：历史最悠久者，文武最正经者，是非最汹汹者？曰：秦腔也。正如长处和短处一样突出便见其风格，对待秦腔，爱者便爱得要死，恶者便恶得要命。外地人——尤其是自夸于长江流域的纤秀之士——最害怕秦腔的震撼。评论说得婉转的是：唱得有劲；说得直率的是：大喊大叫。于是，便有柔弱女子，常在戏台下以绒堵耳；又或在平日教训某人：你要不怎么怎么样，今晚让你去看秦腔！秦腔成了惩罚的代名词。所以，别的剧种可以各省走动，唯秦腔则如秦人一样，死不离窝。严重的乡土观念，也使其离不了窝。可能还在西北几个地方变腔走调地有些市场，却绝对冲不出往东南而去的潼关呢。

　　但是，几百年来，秦腔却没有被淘汰，被沉沦，这使多少人有大惑而不得其解。其解是有的，就在陕西这块土地上。如果是一个南方人，坐车轰轰隆隆往北走，渡过黄河，进入西岸，八百里秦川大地，原来竟是：一抹黄褐的平原；辽阔的地平线上，一处一处用木椽夹打成一尺多宽墙的土屋，粗笨而庄重；冲天而起的白杨、苦楝、紫槐，枝干粗壮如桶，叶却小似铜钱，迎风正反翻覆。你立即就会明白了：这里的地理构造竟与秦腔的旋律惟妙惟肖地一统！再去接触一下秦人吧，活脱脱的一群秦始皇兵马俑的复出：高个，浓眉，眼和眼间隔略远，手和脚一样粗大，上身又稍稍见长于下身。当他们背着沉重的三角形状的犁铧，赶着山包一样团块组合式的秦川公牛，端着脑袋般大小的耀州瓷碗，蹲在立的卧的石碌子碌碡上吃着牛肉泡馍，你不禁又要改变起世界观了：啊，这是块多么空旷而实在的土地，在这块土地挖爬滚打的人群是多么"二愣"的民众！那晚霞烧起的黄昏里，落日在地平线上欲去不去的痛苦的妊娠，五里一村，十里一镇，高音喇叭里传播的秦腔互相交织、冲撞。这秦腔原来是秦川的天籁、地籁、人籁的共鸣啊！于此，你不渐渐感觉到了南方戏剧的秀而无骨吗？不深深地懂得秦腔为什么形成和存在而占却时间、空间的位置吗？

八百里秦川，以西安为界，咸阳、兴平、武功、周至、凤翔、长武、岐山、宝鸡，两个专区几十个县为西府；三原、泾阳、高陵、户县、合阳、大荔、韩城、白水，一个专区十几个县为东府。秦腔，就源于西府。在西府，民性敦厚，说话多用去声，一律咬字沉重，对话如吵架一样，哭丧又一呼三叹，呼喊远人更是特殊：前声拖十二分的长，末了方极快地道出内容。声韵的发展，使会远道喊人的人都从此有了唱秦腔的天才。老一辈的能唱，小一辈的能唱；男的能唱，女的能唱；唱秦腔成了做人最体面的事。任何一个乡下男女，只有唱秦腔，才有出人头地的可能。大凡有出息的，是个人才的，哪一个何曾未登过台，起码不能哼一阵秦腔呢？！

农民是世上最劳苦的人，尤其是在这块平原上，生时落草在黄土炕上，死了被埋在黄土堆下。秦腔是他们大苦中的大乐，当老牛木犁疙瘩绳，在田野已经累得筋疲力尽，立在犁沟里大喊大叫来一段秦腔，那心胸肺腑，关关节节的困乏便一尽儿涤荡净了。秦腔与他们，是和"西凤"白酒、长线辣子、大叶卷烟、牛肉泡馍一样成为生命的五大要素。若与那些年长的农民聊起来，他们想象的伟大的共产主义生活，首先便是这五大要素。他们有的是吃不完的粮食，他们缺的是高超的艺术享受。他们教育自己的子女，不会是那些文豪们讲的，幼年不是祖母讲着动人的迷离的童话，而是一字一板传授着秦腔。他们大都不识字，但却出奇地能一本一本整套背诵出剧本，虽然那常常是之乎者也的字眼从那一圈胡子的嘴里吐出来十分别扭。有了秦腔，生活便有了乐趣，高兴了，唱"快板"，高兴得像烈性炸药爆炸了一样，要把整个身心粉碎在天空！痛苦了，唱"慢板"，揪心裂肠的唱腔却表现了多么有情有味的美来，美给了别人享受，美也熨平了自己心中愁苦的皱纹。当他们在收获时节的土场上，在月挂中天的庄院里，大吼大叫唱起来的时候，那种难以想象的狂喜、激动、雄壮，与那些献身于诗歌的文人，与那些有吃有穿却总感空虚的都市人相比，常说的什么伟大而痛苦的爱情，是多么渺小、有限和虚弱啊！

我曾经在西府走动了两个秋冬，所到之处，村村都有戏班，人人都会清唱。在黎明或者黄昏的时分，一个人独独地到田野里去，远远看着天幕下一个一个山包一样隆起的十三个朝代帝王的陵墓，细细辨认着田埂上、荒草中那一截一截汉唐时期石碑上的残字，高高的土屋上的窗口里就飘出一阵冗长的二胡声，几声雄壮的秦腔叫板，我就痴呆了，感觉到那村口的土尘里，一头叫驴的打滚是那么有力，猛然发现了自己心胸中一股强硬的气魄随同着胳膊上的肌肉疙瘩一起产生了。

每到农闲的夜里，村里就常听到几声锣响：戏班排演开始了。演员们都集合起来，到那古寺庙里去。吹、拉、弹、奏、翻、打、念、唱，提袍甩袖，吹胡瞪眼，古寺庙成了古今真乐府，天地大梨园。导演是老一辈演员，享有绝对权威。演员是一家几口，夫妻同台，父子同台，公公儿媳也同台。按秦川的风俗：父和子不能不有其序，爷和孙却可以无道；弟与哥嫂可以嬉闹无常，兄与弟媳则无正事不能多言。但是，一到台上，秦腔面前人人平等，兄可以拜弟媳为帅为将，子可以将老父绳绑索捆。寺庙里有窗无扇，屋梁上蛛丝结网，夏天蚊虫飞来，成团成团在头上旋转，熏蚊草就墙角燃起，一声唱腔一声咳嗽。冬天里四面透风，柳木疙瘩火当中架起，一出场一脸正经，一下场凑近火堆，热了前怀，凉了后背。排演到什么时候，什么时候都有观众,有抱着二尺长的烟袋的老者,有凳子高、桌子高趴满窗台的孩子。庙里一个跟斗未翻起,窗外就哇的一声叫倒好,演员出来骂一声:"谁说不好的滚蛋!"他们抓住窗台死不滚去,倒要连声讨好:翻得好!翻得好!更有殷勤的,跑回来偷拿了红薯、土豆,在火堆里煨熟给演员作夜餐,赚得进屋里有一个安全位置。排演到三更鸡叫,月儿偏西,演员们散了,孩子们还围了火堆弯腰踢腿,学那一招一式。

一出戏排成了,一人传出,全村振奋,扳着指头盼那上演日期。一年十二个月,正月元宵日,二月龙抬头,三月三,四月四,五月初五过端午,六月六日晒丝绸,七月过半,八月中秋,九月初九,十月一日,再是那"腊月五豆",腊八,二十三……月月有节,三月一会,那戏必是上演的。戏台是全村人的共同的事业,宁肯少吃少穿也要筹资集款,买上好的木石,请高强的工匠来修筑。村子富不富,就比这戏台阔不阔。一演出,半下午人就扛凳子去占座位了,未等戏开,台下坐的、站的人头攒拥,台两边阶上立的、卧的是一群顽童。那锣鼓就叮叮咣咣地闹台,似乎整个世界要天翻地覆了。各类小吃趁机摆开,一个食摊上一盏马灯,花生、瓜子、糖果、烟卷、油茶、麻花、烧鸡、煎饼,长一声短一声叫卖不绝。锣鼓还在一声儿敲打,大幕只是不拉,演员偶尔从幕边往下望望,下边就喊:"开演呀,场子都满了!"幕布放下,只说就要出场了,却又叮叮咣咣不停。台下就乱了,后边的喊前边的坐下,前边的喊后边的为什么不说最前边的立着;场外的大声叫亲朋子女名字,问有坐处没有,场内的锐声回应快进来；有要吃煎饼的喊熟人去买一个，熟人买了站在场外一扬手，日的一声隔人头甩去，不偏不倚目标正好；左边的喊右边的踩了他的脚，右边的叫左边的挤了他的腰，一个说："狗年快完了，你还叫啥哩？"一个说："猪年还没到，你便拱开了！"言语伤人，动了手脚；外边的趁机而入，一时四边向里挤，里边向外扛。人的旋涡涌起，如四月的麦田起风，根儿不动，头身一会儿倒西，一会儿倒东，喊声、骂声、哭声一片；有拼命挤将出来的，一出来方觉世界偌大，身体胖肿，但差不多却光了脚，乱了头发。大幕又一挑，站出戏班头儿，大声叫喊要维持秩序，立即就跳出一个两个所谓"二杆子"人物来。这类人物多是头脑简单、四肢发达，却十二分忠诚于秦腔，此时便拿了树条儿，哪里人挤，往哪里打去，如凶神恶煞一般。人人恨骂这些人，人人又都盼有这些人，叫他们是秦腔宪兵。宪兵者越发忠于职责，虽然彻夜不得看戏，但大家一夜满足了，他们也就满足了一夜。

终于台上锣鼓停了，大幕拉开，角色出场。但不管男的女的，出来偏不面对观众，一律背身掩面，女的就碎步后移，水上漂一样，台下就叫："瞧那腰身，那肩头，一身的戏哟！"是男的就摇那帽翎，一会双摇，一会单摇，一边上下飞闪，一边纹丝不动，台下便叫："绝了，绝了！"等到那角色儿猛一转身，头一高扬，一声高叫，声如炸雷嚯嘟嘟直从人们头顶碾过，全场一个冷战，从头到脚，每一个手指尖儿，每一根头发梢儿都麻酥酥的了。如果是演《救裴生》，那慧娘站在台中往下蹲，慢慢地，慢慢地，慧娘蹲下去了，全场人头也矮下去了半尺，等那慧娘往起站,慢慢地,慢慢地,慧娘站起来了,全场人的脖子也全拉长了起来。他们不喜欢看生戏,最欢迎看熟戏,那一腔一调都晓得,哪个演员唱得好,就摇头晃脑跟着唱,哪个演员走了调,台下就有人要纠正。说穿了,看秦腔的不为求新鲜,他们只图过过瘾。

在这样的地方,这样的环境,这样的气氛,面对着这样的观众,秦腔是最逞能的。它的艺术享受,是和拥挤而存在,是有力气而获得的。如果是冬天,那风在刮着,像刀子一样;如果在夏天,人窝里热得如蒸笼一般,但只要不是大雪、冰雹、暴雨,台下的人是不肯撒场的。最可贵的是那些老一辈的秦腔迷,他们没有力气挤在台下,也没有好眼力看清演员,却一溜一排地蹲在戏台两侧的墙根,吸着草烟,慢慢将唱腔品赏。一声叫板,便可以使他们坠入艺术之宫,"听了秦腔,肉酒不香",他们是体会得最深。那些大一点儿的、脾性野一点儿的孩子,却占领了戏场周围所有的高空,杨树上、柳树上、槐树上,一个枝杈一个人。他们常常乐而忘了险境,双手鼓掌时竟从树杈上掉下来,掉下来自不会损伤,因为树下是无数的人头,只是招致一顿臭骂罢了。更有一些趴在了场边的麦秸垛上,夏天四面来风,好不凉快,冬日就扒个草洞,将身子缩进去,露一个脑袋。也正是有闲阶级享受不了秦腔吧,他们常就瞌睡了,一觉醒来,月在西天,戏毕人散,只好苦笑一声,悄然没声儿地溜下来回家敲门去了。

当然,一次秦腔演出,是一次演员亮相,也是一次演员受村人评论的考场。每每角色一出场,台下就一片喊喊喳喳:这是谁的儿子，谁的女子，谁家的媳妇，娘家何处？于是乎，谁有出息，谁没能耐，一下子就有了定论。有好多外村的人来提亲说媒，总是就在这个时候进行。据说有一媒人将一女子引到台下，相亲台上一个男演员，事先夸口这男的如何俊样，如何能干，但戏演了过半，那男的还未出场。后来终于出来，是个国民党的伪兵，持枪还未走到中台，扮游击队长的演员挥枪一指，叭的一声，那伪兵就倒地而死，爬着钻进了后幕。那女子当下哼了一声，闭了嘴，一场亲事自然了了。这是喜中之悲一例。据说还有一例，一个老头在脖子上架了孙孙去看戏，孙孙吵着要回家，老头好说好劝只是不忍半场而去，便破费买了半斤花生。他眼相着台上，手在下边剥花生，然后一颗一颗扬手喂到孙孙嘴里，但喂着喂着，竟将一颗塞进孙孙鼻孔，吐不出，咽不下，口鼻出血，连夜送到医院动手术，花去了七十元钱。但是，以秦腔引喜的事却不计其数。每个村里，总会有那么个老汉，夜里看戏，第二天必是头一个起床往戏台下跑。戏台下一片石头、砖头，一堆堆瓜子皮、糖果纸、烟屁股，他掀掀这块石头，踢踢那堆尘土，少不了要捡到一角两角甚至三元四元钱币来，或者一只鞋，或者一条手帕。这是村里刁钻人干的营生，而馋嘴的孩子们有的则夜里趁各家锁门之机，去地里摘那香瓜来吃，去谁家院里将桃杏装在背心兜里回来分红。自然少不了有那些青春妙龄的少男少女，则往往在台下混乱之中眼送秋波，或者就悄悄退出，相依相偎到黑黑的渠畔树林子里去了……

秦腔在这块土地上，有着神圣的不可动摇的基础。凡是到这些村庄去下乡，到这些人家去做客，他们最高级的接待是陪着看一场秦腔。实在不逢年过节，他们就会要合家唱一会儿乱弹，你只能点头称好，不能耻笑，甚至不能有一点儿不入神的表示。他们一生最崇敬的只有两种人：一是国家领导人，一是当地秦腔名角。即使在任何地方，这些名角没有在场，只要发现了名角的父母，去商店买油是不必排队的，进饭馆吃饭是会有座位的，就是在半路上挡车，只要喊一声：我是某某的什么，司机也便要嘎地停车。但是，谁要侮辱一下秦腔，他们要争死争活地和你论理，以致大打出手，永远使你记住教训。每每村里过红白丧喜之事，那必是要包一台秦腔的，生儿以秦腔迎接，送葬以秦腔志哀，似乎这个人生的世界，就是秦腔的舞台。人只要在舞台上，生、旦、净、丑，才各显了真性。恶的夸张其丑，善的凸现其美，善使他们获得了美的教育，恶的也在丑里化作了美的艺术。

广漠旷远的八百里秦川，只有这秦腔，也只能有这秦腔。八百里秦川的劳作农民，只有也只能有这秦腔使他们喜怒哀乐。秦人自古是大苦大乐之民众，他们的家乡交响乐除了大喊大叫的秦腔还能有别的吗？

十篇短信

一

盛夏人皮是破竹篓,出汗淋漓如漏。老母坐不住家,一日数次下楼去寻老太太们闲聊,倒不嫌热。我也以写书避暑(坐桌前以唾液沾双乳上,便有凉风通体。此秘诀你可试试,不要与玩麻将者说)。写书宜写闲情书。能闲聊是真知己,闲情书易成美文。但母亲没喝水习惯,怕她上火,劝多喝水,她说口里不要,肚里也不要。我和妹妹都是能喝水的,来家的那些朋友,也无一不能喝。今早忽然醒悟,蹲机关的人上了班都是一支烟,一杯水,一张报的,母亲则是从来没有工作过!

来时不必带土产,有便车捎些西瓜给母亲即可。切切。

二

我倒不信你能江郎才尽，瞧照片上，腰又大了一圈，那里边装什么？文坛上有人是晨鸡暮犬，他们出于职责，当可闻鸡而起，听吠安睡，有人则是老鼠磨牙，咬你的箱子磨他的牙罢了。前年你写那部书一成功，我就知道你要坏了人缘的，现在果然是，但麻将桌上连坐五庄，必然要得罪人，输家是有资格发脾气，也可以欠账，也可以骂人唱。只担心你那口疮，治得如何？口要善待才是，除了吃饭，除了在领导面前说"是"外，将来那些人还要请你去谈创作经验啊！

三

因养了一盆郁金香，会开到一半我就溜了，听说×××颇有微词？我这屁股坐惯了书桌前的椅子，坐主席台上的椅子不自在。你几时来看花？美人不说话就是花，花一说话就是美人。

四

我当主编，忙的却是你们，几次想卸了这帽子，但卸不了，这也是不理事当不了官，能当大官不要理事。天这么热，办公室又没空调，不知买没买人丹丸？我赶了半天写下这期《读稿人语》，让小施捎去，再让捎去一盘五色冰激凌。六块，一人三块。

吃罢将盘子一定还我。

五

儿女小时可以打，如拍打衣服上的土，稍大了就是皮球，越打越蹦得高。我大学毕了业，先父还踢我一脚，待到后来一日，他吸烟，也递我一支，我才知道我从此不挨打了。但有人说父子如兄弟，如同志，那倒又过分，因为儿女的秉性是永远不崇拜父母的。我女儿看三流电视剧也伤心落泪，读我的书却总认为是她看着我写的，不是真的。让他去吧，龙种或许生跳蚤，丑猪或许养麒麟，只需叮咛"吃喝嫖赌不能抽（大烟），坑蒙拐骗不能偷（东西）"就罢了。窑炉只管烧瓷罐，瓷罐到社会上去，你能管得着去做油罐还是尿罐？老江说组织一次南山游的，又不见了动静，如果南山去不成，三月十五日午时去豪门菜馆吃海鲜，我做东。

六

空气装在皮圈里即为轮胎，我如果能手一抓就一把风，掷去砸人，先砸倒那姓曹的！盛世的皇帝寿命都高，因为他为国人谋福利。损人利己者则如通缉的逃犯，惶惶不可终日，岂能身体安康？发不义之财，若不做慈善业消耗，如人只吃饭而不长肛门，终有一日自己把自己憋死。

那只鳖不能让山兄去放生,他会放生到他的肚腹去。

七

不要嫌老婆脸黑,黑是黑,是本色,将来生子,还能卖好价钱的面粉。那日到×校开会,去了那么多作家,主持人要我站起来让学生们看看,我站起来躬腰点头,掌声雷动,主持人又说:"同学们这么欢迎你,你站起来么!"我说我是站起来的呀!主持人说:"噢,你个子低。"掌声更是雷动。我不嫌我个头矮,人不是白菜,大了好卖。做人不要心存自己是女人或是男人,也不必心存自己丑或自己美,一存心就坏了事。以貌取人者是奴才,与小奴才什么计较?

八

我要闭门写作呀,有事三十天后见。若有人寻到你打问我的行踪,只说我自杀了。记住,是安乐死,不是上吊,上吊吐舌头形象不佳。

九

能让别人利用,也是好事。研究《红楼梦》可以当博士,画钟馗可以逼鬼,给当官的当秘书可以自己当官。藤蔓多正因着你是乔木。无山不起云，起云山显得更高，若你周围没那些营营之辈，你又会是何等面目？朋友都是走了的好。今夜月光满地，刚才开窗我还以为巷口的下水道又堵塞，是水漫淹，就想你若踏水来访多好！我可教你作曲解烦。作曲并不难，"言之不尽歌咏之"，曲就是把说不尽的话从心里起便放慢音节哼出来，记下便可了，如记不下，旁边放录音机来录。学那钢琴就非是一月半月能操作，且十个指头，怎能按得住那么多个键呢？

十

买书不要买豪华本，豪华本的书那是卖给不读书的人的。读书也不必只读纸做的书，山水可以读，云雨可以读，官场可以读，商界可以读。赌徒和妓女也都是书。只在家读书本，读了书还是读书，无异于整日喝酒、打牌和吸烟土，于社会、家人有什么好处？

得空来吃茶，我前日得明前茶一罐。

五十大话

过了旧历二月二十一日,我今年是五十岁。到了五十,人便是大人,寿便是大寿,可以当众说些大话了。

差不多半个多月的光景吧,我开始睡得不踏实,一到半夜四点就醒来,骨碌碌睁着眼睛睡不着,又突然地爱起了钱,我知道我是在老了。明显地腿沉,看东西离不开眼镜,每一个槽牙都补过窟窿,头发也秃掉一半。老了的身子如同陈年旧屋,椽头腐朽,四处漏雨。人在身体好的时候,身体和灵魂是统一的,也可以说灵魂是安详的,从不理会身体的各个部位,等到灵魂清楚身体的各个部位,这些部位肯定是出了毛病,灵魂就与身体分裂,出现烦躁,时不时准备着离开了。我常常在爬楼时觉得,身子还在第八个梯台,灵魂已站在第十个梯台,甚至身子是坐在椅子上,能眼瞧着灵魂在房间里走来走去。曾经约过一些朋友去吃饭,席间有个漂亮的女人让我赏心悦目,可她一走近我,便"贾

悲天悯猫图

钓鱼

老贾老"地叫，气得我说："你要拒绝我是可以的，但你不能这样叫呀！"我真是害怕身子太糟糕了，灵魂一离开就不再回来。往后再不敢熬夜了，即便是最好的朋友邀打麻将，说好放牌让我赢，也不去了。吃饭要讲究，胃虽然是有感情的，也不能只记着小时在乡下吃过的糊汤和捞面，要喝牛奶，让老婆煲乌鸡人参汤，再是吃海鲜和水果。听隔壁老田的话，早晨去跑步，倒退着跑步，还有，蹲厕所时不吸烟，闭上嘴不吭声，勤搓裆部，往热里搓，没事就拿舌头抵着牙根汪口水，汪有口水了，便咽下去。级别工资还能不能高不在意了，小心着不能让血压血脂高；业绩突出不突出已无所谓了，注意椎间盘的突出。当学生能考上大学便是父母的孝顺孩子，现在自己把自己健康了，子女才会亲近。

二十岁时我从乡下来到了西安城里，一晃数十年就过去了，虽然总是还觉得从大学毕业是不久前的事情，事实是我的孩子也即将从大学毕业。人的一生到底能做些什么事情呢？当五十岁的时候，不，在四十岁之后，你会明白人的一生其实干不了几样事情，而且所干的事情都是在寻找自己的位置。造物主按照这世上的需要造物，物是不知道的，都以为自己是英雄，但是你是勺，无论怎样地盛水，勺是盛不过桶的。性格为生命密码排列了定数，所以性格的发展就是整个命运的轨迹。不晓得这一点，必然沦落成弱者，弱者是使强用狠，是残忍的，同样也是徒劳的。我终于晓得了，我就是强者，强者是温柔的，于是我很幸福地过我的日子，不再去提着烟酒到当官的门上蹭磨，或者抱上自己的书和字画求当官的斧正，当然，也不再动不动坐在家里骂官，官让干什么事偏不干。谄固可耻,傲亦非分,最好的还是萧然自远。别人说我好话,我感谢人家,必要自问我是不是有他说的那样。遇人轻我,肯定是我无可重处。不再会为文坛上的是是非非烦恼了,做车子的人盼别人富贵,做刀子的人盼别人伤害,这是技术本身的要求。若有诽谤和诋毁,全然是自己未成正果。一只兔子在前边跑,后边肯定有百人追逐,不是一只兔子可以分成百只,是因为这只兔子的名分不确定啊。在屋前种一片竹子不一定就清高,突然门前客人稀少,也不是远俗了,还是平平常常着好,春到了看花开,秋来了就扫叶。

大家都知道,我的病多,总是莫名其妙地这不舒服那不舒服。但病使我躲过了许多尴尬,比如有人问,你应该担任某某职务呀,或者说你怎么没有得奖呀和没有情人呀,我都回答我有病!更重要的,病是生与死之间的一种微调,它让我懂得了生死的意义,像不停地上着哲学课。除了病多,再就是骂我的人多。我老不明白:我招谁惹谁了,为什么骂我?后来看到古人的一副对联,便会心而笑了。左联这么写:著书竟二十万言,才未尽也;得谤遍九州四海,名亦随之。我何不这样呢,声名既大,谤亦随焉;骂者越多,名更大哉。世上哪里仅是单纯的好事或是坏事呢?我写文章,现在才知道文章该怎么写了,活人也能活得出个滋味了,所以我提醒自己:要会欣赏。鸟儿在树上叫着,鸟儿在说什么话呢?鸟的语言我是不懂的,我只觉得它叫得好听就是了,做一个倾听者。还有:多做好事,把做的好事当作治病的良方;不再恨人,对待仇人应视为他是来督促自己成功的,对待朋友亦不能要求他像家人一样。钱当然还是要爱的,如古人说的那样,巨大的胸襟,爱小零钱么。以文字立身用字画养性,收藏古董让古董收藏我,热爱女人为女人尊重,不浪费时间不糟蹋粮食。到底还是一句老话:平生一片心,不因人热;文章千古事,聊以自娱。

六十岁后观我记

一、书案上时常就发现一根头发。这头发是自己的,却不知是什么时候掉的。摸着秃顶说:"草长在高山巅上到底还是草,冬一来,就枯了!"

二、听人说,突然地打一个喷嚏定是谁在想念,打两个喷嚏是谁在咒骂,连打三个喷嚏就是感冒呀。唉,宁愿感冒,也不去追究情人和仇人了,心脏已经平庸,经不住悲,经不住喜,跳动的节奏一乱,就得出一身的冷汗。

三、一直以为身子里装着一台机器,没想到还似乎住了个别的,或许是肠胃里,或许是喉咙里和鼻腔里,总觉得有说话声。说些什么,又听不懂。

四、脚老是冷,尤其怕风,睡觉首先得把被角窝好,但弄不明白往往脚上不舒服了,牙咋就疼。疼得拔掉了四颗,从此少了四块骨头,再不吃肉。

五、自感新添了一种本事，能在人里认出哪一个是狼变的，哪一个是鬼托生。但不去说破。开始能与高官处得，与乞丐也处得，凡是来家都是客，走时要送到楼道的电梯口了，说："这是村口啊！"

六、花不了多少钱了，钱就是纸，喝不了多少酒了，酒就是水。不再上台站，就不再看风景，不在其位，就不再作声。钟不悬，看钟就是一疙瘩铁么。

七、吃的越来越简单，每顿就是一碗饭，却过生日不告诉人了，自己给自己写一条幅：补粮。并题款：寿之长短在于吃粮多少，故今日补粮三百担。

八、是相信着有神，为了受命神的安排而沉着，一是在家里摆许多玉，因为古书上有神食玉的记载，二是继续多聚精神写作，聚精才能会神。

九、肯花大量的精力和钱去收购佛像了，为的是不让它成为商品在市场上反复流转。每日都焚香礼佛了，然后坐下来吃纸烟，吃纸烟自敬。

十、啥都能耐烦了。

十一、不再使用最字。晓得了生活中没有什么是最好，也没有什么是最坏。不再说谎，即使是没恶意，说一个谎就需要十个谎来圆，得不偿失，又太累人。

十二、没有了见到新土地就想着去撒种子的冲动，也戒了在雪上踩泥脚印子的习惯。但美人还是爱的，而且乐意与其照相，想着怎样去衬出人家的美。

十三、早晚都喜欢开窗看天，天气就是天意，该热了减衫，该冷了着棉。养两盆绿萝，多注目绿萝，叶子就繁，像涂了蜡一样光亮。养一只大尾巴猫，猫尾大了懒，会整日地卧在桌前打鼾，倒觉得坦然。

十四、劈自家的柴生自家的火吧。火小时一碗水就浇灭了，不怨水；火大了泼一桶水都是油，感谢油。

十五、蜂酿蜜如果是在遭天毒，自己几十年也是积毒太多，就不拒绝任何人任何事了，包括吃亏、受骗、委屈和被诽谤，自我遭毒着，别人也替代着遭毒。

十六、每到大年三十夜里，肯定回老家去父母坟头点灯，知道自己是从哪儿来的。大年初一早上，肯定拿出规划来补充，六十五到七十，七十到八十九十一百，哪一年都干啥，哪一月都干啥，越具体越好。生命是以有价值而存在的，有那么多的事情往前做，阎王就不来招呼，身体也会只有小病不致有大病了。

笑口常开

著作得以出版，殷切切送某人一册，扉页上恭正题写：赠×××先生存正。一月过罢，偶尔去废旧书报收购店见到此册，遂折价买回，于扉页上那条题款下又恭正题写：再赠×××先生存正。写毕邮走，踅进一家酒馆坐喝，不禁乐而开笑。

大学毕业，年届三十，婚姻难就，累得三朋四友八方搭线，但一次一次介绍终未能成就。忽一日，又有人送来游园票，郑重讲明已物色着一位姑娘，同意明日去公园××桥第三根栏杆下见面。黎明早起，赶去约会，等候的姑娘竟是两年前曾经别人介绍见过面的。姑娘说："怎么又是你？！"掉身而去。木木在桥上立了半响，不禁乐而开笑。

好友×君，编辑十五年杂志，清苦贫困，英年早逝。保存下那一支笔和一副深度近视镜。租三轮车送亡友去火葬场火化，待化的队列冗长，忽见墙上张贴有"本场优待知识分子"，立即返回取来编辑证书，果然火化提前，免受尸体臭烂，不禁乐而开笑。

入厕所大便完毕，发现未带手纸，见旁边有被揩过的一片脏纸，应急欲用，却进来一个人蹲坑，只好等着那人便后先走。但那人也是没手纸，为难半天，也发现那片脏纸，企图我走后应急。如此相持许久，均心照不宣，后同时欲先下手为强，偏又进来一个，背一篓，挂一铁条，为捡废纸者；铁条一点，扎去脏纸入篓走了。两个人对视，不禁乐而开笑。

居住于A城的伯父，沉沦于二十年右派生涯，早妻离子散，平反后已垂垂暮老，多回忆早年英武及故友。我以他大学的一位女生名义去信慰藉，不想他立即复信，只好信来信往，谈当年的友情，谈数十年的思念，谈现在鳏寡人的处境，及至发展到黄昏恋。我半月一封，连续四年不断，且信中一再说要去见他，每次日期将至又以患病推延。伯父终老弱病倒，我去看他，临咽气说："我等不及她来了。她来了，你把这个箱子交她。"又说一句"我总没白活"。安详瞑目。掩埋了伯父，打开箱子，竟是我写给他的近百封信，得意为他在爱的幸福中度过晚年，不禁乐而开笑。

陪领导去某地开会，讨论席上，领导突然脖子发痒，用手去摸，摸出一个肉肉的小东西，脸色微红旋又若无其事说："我还以为是个虱子哩！"随手丢到地上。我低头往地上瞅，说："噢，我还以为不是个虱子哩！"会后领导去风景区旅游，而我被命令返回，列车上买一个鸡爪边嚼边想，不禁乐而开笑。

有了妻子便有了孩子，仍住在那不足十平方米的单间里。出差马上就要走了,一走又是一月,夫妻想亲热一下,孩子偏死不离家。妻说:"小宝,爸爸要走了,你去商店打些酱油,给你爸爸做一顿好吃的吧!"孩子提了酱油瓶出门,我说:"拿这个去。"给了一个大口浅底盘子,"别洒了啊!"孩子走了,关门立即行动。毕,赶忙去车站,于巷口远远看见孩子双手捧盘,一步一小心地回来,不禁乐而开笑。

夜里正在床上半醒半睡,有人影推门闪进来,在立柜里翻,翻出一堆破衣服和书报,扔了;再往架板上翻,翻出各类米袋子、面袋子和书报,扔了;在桌斗里又翻,是一堆读书卡片,凑眼前看了看,扔了。咕哝了一句顺门便走。我在床上说:"朋友,把门拉上,夜里有风的。"小偷把门拉上了。天明起来整理房间,一地乱书乱报,竟发现找了好久未找着的一份资料,不禁乐而开笑。

上大街回来,挤了一身臭汗,牢骚道:"用枪得在街十字路口扫一通!"回家一杯茶未喝尽,楼梯上步声杂乱,巷中有人呼:"大街上有人用枪打死几十人了!"遂也往街上跑,街上人山人海,弯腰往里挤,问:"尸体在哪儿?"一熟人说:"不是说是你讲的吗?"忽记得那一句顺口的牢骚,不禁乐而开笑。

剧场里正巧和一位官太太邻座,太太把持不住放一屁,四周骚哗,骂问:"谁放的?不文明!"太太窘极不语,骂问声更甚。我站起说:"我放的!"众人骚哗即息,即以手作扇风状,太太也扇,畏我如臭物,回望她不禁乐而开笑。

出外突然有人迎面过来打招呼,立即停下,作疑惑状。"你不认识我了?""怎不认识!"于是握手,互问哪儿来,到哪儿去,互问老人康健孩子可乖,互说又胖了,又瘦了!半天的淡而无味的话。分手了,终想不起这是谁,不禁乐而开笑。

弄文学的穷朋友来家侃山,酒瘾发而酒瓶仅能控出一杯酒,取马鬃四根,各人蘸吮,却大声划拳:"三匹马,五魁首……你一盅(鬃)!我一盅(鬃)!"窗外卖茶蛋的老妪对老翁说:"怪不得咱出钱让人家写文章宣传咱不干,人家钱多酒量也大,喝了整晌也未醉!"听着不禁乐而开笑。

路过一条小巷,忽见有长队排出,以为又在出售紧俏物件了,急忙列入其中,排到跟前,方见是巷口唯一的厕所,居民等候出恭,不禁乐而开笑。

去给孩子买一双袜子,昨日看时价是一元,今日是一元二角,快快出店门,打响一个喷嚏,喷带出一口痰。正想是售货员在嘲笑我,我方有喷嚏打出,一位戴"卫管员"袖章的人却责斥我吐了痰要罚五角钱,掏出那一元钱,卫管员没零钱找,遂再当地吐一口,愤愤而走,走过十步,不禁乐而开笑。

出差去旅社住宿,服务员开发票,将"作协"写成"做鞋",不禁乐而开笑。

夏月偏停电,爬十二层楼梯去办公室,气喘吁吁到门口了,门钥匙却和自行车钥匙系在一起,遗忘在车子锁孔了,不禁乐而开笑。

路遇一女子,回望我嫣然一笑,极感幸福,即趋而前去搭话,女子闪进一家商店,尾随入店,玻璃上映出自己衣服纽扣错位,不禁乐而开笑。

名字是自己的,别人却用得最多,不禁乐而开笑。

写完《笑口常开》草稿,去吸一根烟,返身要誊写时,草稿不见了,妻说:"是不是一大页写过的纸,我上厕所用了。"惊呼:"那是一篇散文!"妻说:"白纸舍不得用,我只说写过的纸就没用了。"急奔厕所,幸而已臭但未全湿,捂鼻子抄出一份,不禁乐而开笑。

谈人生

人生多不幸,幸运的是活着。

对人生我确实不是特别乐观,但是你还得活下去,你总不能成天愁眉苦脸的。

我当年第二个孩子出生的时候,我就不主张再生孩子。我说大人都活得累,你何必再生个孩子,不光是你把她养起来,咱也要受很多罪,孩子长大了也是,将来要活受罪。你说现在这孩子,七岁就得上学,自从七岁以后一直到死,她就没有一天能过得轻松,受那个罪干啥?当时我心里说,要生个孩子,还不如去种一棵树,树还无忧无虑的,种棵树总比你生个孩子要强。但是世俗吧,你不要孩子又不行,你还得过这种日子,那就过这种日子吧,那就只好这样受罪吧。小孩你要监管他,长大以后,上学、就业、结婚、生子……那事情是多得一塌糊涂,咱这一生就为那些奋斗了,不说奋斗了,就挣扎了一辈子吧,生下那个娃又继续……

但是你想一想，人类本来就是这样过来的。就像农村有句话说的是，年儿好过，月儿好过，日子难过。这每一天它都难过，这每一天每一天都得要过去。你说现在我活得多痛快？我倒不觉得活得多痛快呢。但是死活总得要过下去，对人来说，小段小段的，它有它的欢乐在里头。换一个角度来讲吧，我看过托尔斯泰的一句话，他的意思是：我们都诞生于爱。父母是在激情中创造了我们的生命。他是从爱的角度来探索，我们活着的这个世界是充满爱心的，我们就来自爱。

可现在基本上好多年轻人要孩子，他不是爱，他是爱的附加品。他那是没办法的，无奈的结果。原来都是为了传宗接代，现在倒不谈这个传宗接代了。我老讲，传宗接代那个意义对现代人来讲已经淡漠了。比如说，问你爷爷是谁、叫啥，一般人都不知道他爷爷叫啥，更不知道他爷爷那个父亲叫啥，你连你爷爷的名字都不知道，你怎么给他传宗接代？所以说传宗接代对他爷爷或者对他父亲来说，是毫无意义的事情。一般人都是为了自己活着，要一个孩子还是想为自己带来笑声、欢乐、玩耍，解脱这个苦闷，但是孩子长大以后，就开始为孩子奔波。现在好多父母都是为了孩子最后能有出息，瞎耗功夫。我看到那些，自己简直是觉得很可悲。

人这一生就是很矛盾、很无奈地跟着人家朝着这个方向走。所以我在想：咱们或许就是芸芸众生，随大溜儿，别人怎么走你就得怎么走，你不走就不行。我总想：自己一转眼都五十多了，五十年都过去了，你还能活多少呢？好像没干出个啥东西，马上就老了。

你看就包括这世界上多伟大多厉害的人物，他一生也就干了一两件事情，更多的人是一件事也没干成。看电视上采访戈尔巴乔夫，作为一个个体生命来讲，每个人都是悲剧的，不管当年多显赫……他作为一个领导人来讲，或者在历史上有重要的一笔可以记载他，但是他作为个体生命来说，是很悲凉的，这辈子很可悲。他一个月只拿两美元的退休金，叫现在咱一般人都想象不来。平常他在位的时候，咱把他当成伟人，与咱们多么遥远，其实他也就是凡人。

每个人都有可悲、悲凉的一面。其实任何人，不管他是干啥的，原来说一家不知一家难，你要他说起自己的事情，他都和咱是一样的。关键在于你如何去走前面的路。

辑二

与生人相处要尊重生人,与熟人相处要宽容熟人。要求朋友不能像要求家人,要求家人不能随心所欲,修炼大胸襟为目标,爱个小零钱就停止。

坐佛

有人生了烦恼,去远方求佛,走呀走呀的,已经水尽粮绝将要死了,还寻不到佛。烦恼愈发浓重,又浮躁起来,就坐在一棵枯树下开始骂佛。这一骂,他成了佛。

三百年后,即一九九二年冬季,平凹徒步过一个山脚,看见了这棵树,枯身有洞,秃枝坚硬,树下有一块黑石,苔斑如钱。平凹很累,卧于石上歇息,顿觉心旷神怡。从此秘而不宣,时常来卧。

再后,平凹坐于椅,坐于墩,坐于厕,坐于椎,皆能身静思安。

佛像

　　我是文坛很著名的病人，差不多的日子都是身体这儿不舒服那儿又难受，尤其在三十出头的年龄里患上了乙肝，一直病蔫蔫近二十年。这几年胳膊腿儿来了劲儿，肝病竟没事了。得知肝病没了，许多人都来讨药方，我答复是：我吃药打针太多了，也不知是哪种药哪种针起了效果，但我觉得有两点可以使自己健康，那便是精神放松和多做好事。

　　精神放松我是这样的：不就是个病嘛，我们每个人都要体验到死却体验了无法再总结，而病是生与死的过渡，是可以成为参透人生的一次哲学课啊！能很快治好当然好，一时治不好就与病和平共处，受折磨要认定是天意就承受折磨，最后若还治不好，大不了不就是死么，活着都不怕还怕死？！至于做好事我做得更好，能帮别人的事就帮别人的事，帮不了别人的事就倾听别人诉说，与生人相处要尊重生人，与熟人相处要宽容熟人。要求朋友不能像要求家人，要求家人不能随心所欲，修炼大胸襟为目标，爱个小零钱就停止。

每做了一次好事，心情非常愉快。这愉快是不能告白别人的，于是就感谢佛，给佛画像。

我画过了许许多多的佛像。

晚雨

来时，太阳依然照红，天与地平行着，呆呆的，可望而不可即。现在是有云了。是的，呆望久了就生感应，云是地上的水追逐天上的太阳所致呢，还是天上的太阳爱恋了凹地却掩了脸面的羞赧和无奈的忧郁？云在涌动着，云在急急地酝酿。我知道，这酝酿得已经太久太久了，终没有交汇成雨落下来，如果云真是那一位洛神，伴着凤凰，乘着祥瑞，旋即又飘逸而去，这天地还要等待着一尽苍老吗？

不不，这一次雨下起来了，云沉重得不可忍耐，如龙门里的黄河水一样哗哗啦啦下来了！

多么感谢这一场雨，原本可以乘车而行，偏要徒步淋着，虽然夜黑如墨，到处有狼与鬼魅。远远有什么光亮倏忽闪过，却看见了无数的雨脚在身前脚后，是别一种的花放。两年前坐船过龙门，铜汁般的黄河水面翻涌着牡丹样的涡纹，我快活得说是踏上了华贵地毯，今晚的花放，是地毯的铺延而至的境界吗？应该歇一歇，近旁恰有一座小屋，屋檐下立定了，雨下得更大，看檐雨如帘，幽光里这正是如丝如玻璃的帷幔吗？爱这晚雨，也爱这晚雨中的屋檐，动了手去拾檐雨，湿软可人，悄声道一声好雨知时节，风即将雨散成珍珠，扑淋得满头满脸，发也乱了，衣也乱了，伸出舌接雨，接住一条了狠劲地吮，恨不得拔了两根。周身的细胞全膨胀了，瞬间里耳目全失，生命粉碎，唯感觉活着，感觉到世界原来是这么小，小到如一颗桃子！啊，桃子红软，夸父就并不会死去，那拐杖而生的邓林里，有桃子解渴解救了。瞬间里柔弱不起，听见了是伟大的一个静里的胸中的心，听见了屋檐上的呢呢颤吟。哦，屋檐上是有两只鸟的，一根绳索上相偎相依。这是一对夫妇在观晚雨吗，是雨时而来才恰恰两个歇聚一起，它们在说什么，感觉着一种缘分在雨晚里实现吗？恍惚里我也觉得数百年前，在世界的另一个什么地方，这屋檐下与我有一笔冤债未还了。

雨下得又一阵紧了，黑暗里一切都在放肆开来，路旁的杨树鼓掌，一声儿啪啪啦啦，白日里泛着暗红的垂柳或高或低或宽或窄地变着姿态，蚯蚓在鸣，蚂蚁在叫。望着黑际中还有着的两颗星子，竟然还有星子，是别的什么吗，并不大的，但美丽绝伦，忽隐忽现。这肯定是佛眼，喜悦如莲。那一年去韩城山塬，看见过枝丫交错丰腴温柔的柿树，我曾称之为树佛，企盼着自己有一日幻变小鸟落进去承受它的色容。今晚却第一次感受了佛眼与我这么近，这么地亲！

且听，高高的空中有雷在响了，有电在闪了。今晚，天地是交会了，雨才下得这么大，才有它们欢乐的雷电。我活在这个天地里，多么祝福着这太长久的渴旱后这一晚。是感叹着这一场晚雨，是晚了，来得晚，但毕竟这雨是来了，咽下一切遗憾，就永远永远记住这一个雨晚。

天到底是天，地到底是地，雨又住了，天地又分开平行。替天地说一句蓝桥上的话：且将这身子寄养着别处，让每一晚月亮出来做眼，你看着我吧，我看着你吧。默默地在夜里去，我也想，古时的意念中，天是龙的世界，羊是地的象征，一个是神圣一个是美丽，合该是要连缀的，它们不结合，大自然就要干渴，雨是必下不可的。那就等再一场雨吧！或许有着长长久久的雨会下得没时没空没来没去没黑没白，天地再不平行而苍茫一片，那时我们不要盘古，永远不要盘古！

落叶

窗外，有一棵法桐，样子并不大的，春天的日子里，它长满了叶子。枝根的，绿得深，枝梢的，绿得浅；虽然对列相间而生，一片和一片不相同，姿态也各有别。没风的时候，显得很丰满，娇嫩而端庄的模样。一早一晚的斜风里，叶子就活动起来，天幕的衬托下，看得见那叶背上了了的绿的脉络，像无数的彩蝴蝶落在那里，翩翩起舞，又像一位少妇，丰姿绰约的，作一个妩媚媚的笑。

我常常坐在窗里看它，感到温柔和美好。我甚至十分忌妒那住在枝间的鸟夫妻，它们停在叶下欢唱，是它们给法桐带来了绿的欢乐呢，还是绿的欢乐使它们产生了歌声的清妙？

法桐的欢乐，一直要延长一个夏天。我总想那鼓满着憧憬的叶子，一定要长大如蒲扇的，但到了深秋，叶子并不再长，反要一片一片落去。法桐就消瘦起来，寒碜起来，变得赤裸裸的，唯有些嶙嶙的骨。而且亦都僵硬，不再柔软婀娜，用手一折，就一截一截地断了下来。

我觉得这很残酷，特意要去树下捡一片落叶，保留起来，以作往昔的回忆。想：可怜的法桐，是谁给了你生命，让你这般长在土地上？既然给了你这一身的绿的欢乐，为什么偏偏又要一片一片收去呢？！

来年的春上，法桐又长满了叶子，依然是浅绿的好，深绿的也好。我将历年收留的落叶拿出来，和这新叶比较，叶的轮廓是一样的。喔，叶子，你们认识吗，知道这一片是哪一片的代替吗？或许就从一个叶柄眼里长上来，凋落的曾经那么悠悠地欢乐过，欢乐的也将要寂寂地凋落去。

然而，它们并不悲伤，欢乐时须尽欢乐；如此而已，法桐竟一年大出一年，长过了窗台，与屋檐齐平了！

我忽然醒悟了，觉得我往日的哀叹大可不必，而且有十分的幼稚呢。原来法桐的生长，不仅是绿的生命的运动，还是一道哲学的命题在验证：欢乐到来，欢乐又归去，这正是天地间欢乐的内容；世间万物，正是寻求着这个内容，而各自完成着它的存在。

我于是很敬仰起法桐来，祝福于它。它年年凋落旧叶，而以此渴望着来年的新生，它才没有停滞，没有老化，而目标在天地空间里长成材了。

桌面

我家书桌的面儿,是一块树的囫囵的横截板,什么也没有染,只刷了一层亮亮的清漆,原木本色的。

在这张书桌上,我伏案了十年,读了好多文章,又写了好多文章。闲着无事了,就端坐着看起桌面,心里便也感到沉静。因为桌面上是有了一幅画。

画儿就是木的年轮。一个椭圆形,中间是黑黑的一点,然后就一圈白,接着从那白圈的边沿,开始了黑线的缠绕。当然很不规则,线的黑一会儿宽了,一会儿窄了,一会儿又直,一会儿却弯起来;几乎常常就断,又常常派生出新线,但缠绕的局面是一直在形成,最后便囊括了整个桌面,像是一泓泉,一片树叶落下来引起的涟漪,没有鱼,没有风,一个静静的午时的或者子夜的泉。

有书这么说:树木,四季之记载也。日月交替一年,树就长出一圈。生命从一点起源，沿一条线的路回旋运动。无数个圈完成了生命的结束，留下来的便是有用之材。

我很佩服这种解释，于是也就兴趣起这条运动的线了。我细细看着，用着米尺度量着一个圈和一个圈之间的距离。这种工作，所得的结果使我吃惊：这生命的线，当它沿着它的方向进行的时候，它是这么不可自由！日月的阴晴圆缺，四季的寒暑旱涝，顺利时它进行得是那么豁达奔放，困难时进取又是如此艰辛。它从地下长出来，第一是挣脱本身壳的桎梏，第二是冲破地层的束缚，再就是在空间努力，空间充满着的看不见摸不着的空气原来是这么坚实严密，树木的生长，必须靠着自己向外扩张才能有自己的存在的立体啊！

我为它们做着记载：哪一年是风调雨顺？哪一年是旱涝交迫？我算出这是一棵三百年的老树。三百年，这老树在风雨的世界里，默默地在走它的生命之路，逢着美好年景，加紧自己的节奏，遇着恶劣的岁月，小心翼翼地，一边走着，一边蓄积着力量，这是多么可怜的生命，又是多么不屈不挠可亲可敬的生命！我离开了桌子，燃上了一支烟，看见室外的一切。室外是刚刚雨后天晴，天上是一片云彩，地上是一层积水；风在刮着，奇异的现象就发生了：那云彩竟也是一圈一圈的痕纹，那积水也是一圈一圈的涟漪，莫非这天这地也是一统的整体，它们将两个截面上下显示着，表明自己的历史和内容吗？

我真有些惶恐：万事万物在天地宇宙间或许是有着各自的生命线路，这天地宇宙也或许同样有着自己的生命线路。那我呢，我想象不出用刀将我断开，那躯体的截面上一定也是有这种路线了吧？重新走近桌面，对着那木的年轮，开始顺着一条边圈往里追溯。这似乎是一场高级数学，常常陷入莫测，犹如一个儿童在做进迷宫的游戏，整整一个下午，才好容易回到了那桌中的，也是那圈中之圈的那个黑点。啊，那是树的童年。哪是我的童年？树是从那一点出发，走完了三百年的路程，我也是三十年了，三十年来，这路线也是这么一圈圈走过来的吗？

我想起了我的每一年。

这简直是一个惊人的发现！

从那以后，每每当我为胜利得意的时候，一面对着这桌面，我就冷静了；每每当我挫败愁闷的时候，一面对着这桌面，我就激动了。我自我感觉，我是一天天豁达、成熟、坚强起来，我热爱起我的生命了，热爱起我的工作了，以全部心血、全部精力而完成着一个我。

我在感激着这个桌面，我想我永远不会离开它的。

说话

我出门不大说话,是因为我不会说普通话。人一稠,只有安静着听,能笑的也笑,能恼的也恼,或者不动声色。口舌的功能失去了重要的一面,吸烟就特别多,更好吃辣子,吃醋。

我曾经努力学过普通话,最早是我补过一次金牙的时候,再是我恋爱的时候,再是我有些名声,常常被人邀请。但我一学说,舌头就发硬,像大街上走模特儿的一字步,有醋熘过的味儿。自己都恶心自己的声调,也便羞于出口让别人听,所以终没有学成。后来想,毛主席都不说普通话,我也不说了。而我的家乡话外人听不懂,常要一边说一边用笔写些字眼,说话的思维便要隔断,越发说话没了激情,也没了情趣,于是就干脆不说了。

数年前同一个朋友上京,他会普通话,一切应酬由他说,遗憾的是他口吃,话虽说得很慢,仍结结巴巴,常让人有没气儿了、要过去了的危险感觉。偏偏一日在长安街上有人问路,这人竟也是口吃，我的朋友就一语未发。过后我问怎么不说，他说，人家也是口吃，我要回答了，那人以为我是在模仿戏弄，所以他是封了口的。受朋友的启示，以后我更不愿说话。

有一个夏天，北京的作家叫莫言的去新疆，突然给我发了电报，让我去西安火车站接他，那时我还未见过莫言，就在一个纸牌上写了"莫言"二字在车站转来转去等他，一个上午我没有说一句话，好多人直瞅着我也不说话。那日莫言因故未能到西安，直到快下午了，我迫不得已问一个人××次列车到站了没有，那人先把我手中的纸牌翻个过儿，说："现在我可以对你说话了。我不知道。"我才猛然醒悟到纸牌上写着"莫言"二字。这两个字真好，可惜让别人用了笔名。我现在常提一个提包，是一家聋哑学校送我的，我每每把"聋哑学校"字样亮出来，出门在外觉得很自在。

不会说普通话，有口难言，我就不去见领导，见女人，见生人，慢慢乏于社交，越发瓜呆。但我会骂人，用家乡的土话骂，很觉畅美。我这么说的时候，其实心里很悲哀，恨自己太不行，自己就又给自己鼓劲，所以在许多文章中，我写我的出生地绝不写是贫困的山地，而写"出生的地方如同韶山"，写不会说普通话时偏写道：普通话是普通人说的话嘛！

一个和尚曾给我传授过成就大事的秘诀：心系一处，守口如瓶。我的女儿在她的卧房里也写了这八个字的座右铭，但她写成：心系一处，守口如平。平是我的乳名，她说她也要守口如爸爸。

不会说普通话，我失去了许多好事，也避了诸多是非。世上有流言和留言——流言凭嘴，留言靠笔——我不会去流言，而滚滚流言对我而来时，我只能沉默。

吃面

陕西多面食，耀县有一种，叫盐汤面，以盐为重，用十几种大料熬调料汤，不下菜，不用醋，辣子放汪，再漂几片豆腐，吃起来特别有味。盐汤面是耀县人的早饭，一下了炕，口就寡，需要吃这种面，要是不吃，一天身上就没力气。在县城里的早晨，县政府的人和背街小巷的人都往正街去，正街上隔百十米就有一家面馆，都不装修，里边摆两三张桌子，门口支了案板和大环锅，热气白花花的像生了云雾。掌柜的一边吹气一边捞面，也不吆喝，特别长的木筷子在碗沿上一敲，就递了过去。排着长队的人，前头的接了碗走开，后头的跟上再接碗，也都不说话，一人一个大海碗，蹲在街面上吃，吃得一声价儿响。吃毕了，碗也就地放了，掌柜的婆娘来收碗，顺手把一张餐纸给了吃客，吃客就擦嘴，说："滋润！"

这情景十多年前我见过。那时候，我在县城北的桃曲坡水库写小说，耀县的朋友说请我吃改样饭，我从库上下来吃了一次，从此就害上了瘾。在桃曲坡水库待了四十天，总共下库去吃过六次，水库到县城七八里路，要下一面塬坡，我都是步行去的，吃上两碗。一次，返回走到半坡，肚子又饥了，再去县城吃，一天里吃了两次。

后来回到西安，离耀县远了，就再没吃过盐汤面。西安的大饭店多，豪华的宴席也赴了不少，但那都是应酬，要敬酒，要说话，吃得头上不出汗。吃饭头上不出汗，那就没有吃好。每每赴这种宴席时，我就想起了盐汤面。

今年夏天，我终于对一位有小车的朋友说："咱到耀县吃盐汤面！"洗了车，加了油，两个小时后到了耀县，当年吃过的那些面馆竟然还在，依旧是没装修，门口支着案板和环锅。我一路上都在酝酿着一定要吃两碗，结果一碗就吃饱了，出了一头汗。吃完后往回走，情绪非常好，街道上有人拉了一架子车玫瑰，车停下来我买了一枝。朋友说："我以为你是贵人哩，原来命贱。"我说："咋啦？"他说："跑这么远，过路费都花五十元，就吃一碗面呀？"我说："有这种贱吗？开着车跑几个小时花五十元过路费十几元油费就为吃一碗面啊！"

那面很便宜，一元钱一碗，现在涨价了，一碗是一元五角钱。

如来

一坐成钟 大鸣在天

茶杯

我戒酒后，嗜茶，多置茶具，先是用一大口粗碗，碗沿割嘴，又换成宜兴小壶，隔夜茶味不馊，且壶嘴小巧，嚕吭有爱情感。用过三月，缺点是透壶不能瞧见颜色，揭盖儿也只看着是白水一般，使那些款爷们来家了，并不知道我现在饮的是龙井珍品！便再换一玻璃杯，法兰西的，样子简约大方，泡了碧螺春，看薄雾绿痕，叶子发展，活活如枝头再生。便写条幅挂在墙上：无事乱翻书，有茶清待客。人便传我家有好茶，一传二，二传三，三传无数，每日来家饮茶人多，我纵然有几个稿酬，哪里又能这么贡献？藏在冰箱中的上等茶日日减少了。还有甚者，我写作时，烟是一根一根抽，茶要一杯一杯饮的，烟可以不影响思绪在烟包去摸，茶杯却得放下笔去加水，许多好句就因此被断了。于是想改换大点儿茶杯，去街上数家瓷店，杯子都是小，甚至越来越到沙果般小。店主说，现在富贵闲人多，饮茶讲究品的。我无富贵，更无有闲，写作时吸烟如吸氧，饮茶也如钻井要注水一样，是身体与精神都需要的事，品能品出文章来？

十月十五日，本单位的宋老兄说过要请吃的，割八斤羊肉，红焖一顿，但却迟迟没动静，去穆老弟处打问，却见他桌上有一杯，高有六寸，粗到双掌张开方能围拢，还有个盖儿，通体白色，着青色山水楼阁人物图，古也不古，形状极其厚朴，顿生掠夺之心。问是哪儿买的，不嗜茶的人却用这等杯子？穆老弟口吻严重，说是专制的，无处可买，又说："你想要了，可以给你，得写一幅字交易。"我惜我书法，素不轻易送人，说："一个杯子一千元呀？！"却还是当下写就，清洗了杯子携回。

从此饮茶用此杯，日晚不离案头。此杯之好，泡茶能观茶形水色，又不让谋我茶的人从外看见，仅我独享，抓盖顶上疙瘩，椭圆洁腻，如温雪，如触人乳头。最合意的是它憨拙，搂在手中，或放在桌上，侧面看去，杯把儿做人耳，杯子就若人头，感觉里与可交之人相交。写作时不停地饮，视那里盛了万斛，也能饮得我满腹的文章。

我常想，世上能用此等大杯饮茶的，一是长途汽车的司机，二就是我了，都是靠苦力吃饭的人。但司机多用罐头瓶、咖啡瓶当壶，我却是青花白瓷杯，这便是写作人仅有的一点清高吧？李白有过一句：唯有饮者留其名。如果饮者不仅指饮酒，也该有饮茶，那我就属饮者之列了。今冬里，家有来客见我皆笑，说是个头小茶杯大，我笑而不答，但得大杯之趣了，是不与他人传授的。

秃顶

脑袋上的毛如竹鞭乱窜,不是往上长就是往下长,所以秃顶的必然胡须旺。自从新中国的领袖不留胡须后,数十年间再不时兴美髯公,使剃须刀业和牙膏业发达,使香烟业更发达。但秃顶的人越来越多,那些治沙治荒的专家,可以使荒山野滩有了植被,偏偏无法在自己的秃顶上栽活一根发。头发和胡子的矛盾,是该长的不长,不该长的疯长,简直如"四人帮"时期的社会主义的苗和资本主义的草。

我在四年前是满头乌发,并不理会发对于人的重要,甚至感到麻烦,朋友常常要手插进我的发里,说摸一摸有没个鸟蛋。但那个夏天,我的头发开始脱落,早晨起来枕头上总要软软地黏着那么几根,还打趣说:"昨儿夜里有女人到我枕上来了?!"直到后来洗头,水面上一漂一层,我就紧张了,忙着去看医生,忙着抹生发膏。不济事的。愈是紧张地忙着治,愈是脱落厉害,终于秃顶了。

我的秃顶不属于空前，也不属于绝后，是中间秃，秃到如一块溜冰场了，四周的发就发干发皱，像一圈铁丝网。而同时，胡须又黑又密又硬，一日不刮就面目全非，头成了脸，脸成了头。

一秃顶，脑袋上的风水就变了，别人看我不是先前的我，我也怯了交际活动，把他的，世界日趋沙漠化，沙漠化到我的头上了，我感到了非常自卑。从那时起，我开始仇恨狮子，喜欢起了帽子。但夏天戴帽子，欲盖弥彰，别人原本不注意到我的头，偏就让人知道了我是秃顶，那些爱戏谑的朋友往往在人稠广众之中、年轻美貌的姑娘面前，说："还有几根？能否送我一根，日后好拍卖啊！"脑袋不是屁股，可以有衣服包裹，可以有隐私，我索性丑陋就丑陋吧，出门赤着秃顶。没想无奈变成了率真和可爱，而人往往是以可爱才美丽起来，为此半年过去，我的秃顶已不成新闻，外人司空见惯，似乎觉得我原本就是秃了顶的，是理所当然该秃顶的。我呢，竟然又发现了秃顶还有秃顶的来由，秃顶还有秃顶的好处哩。

秃顶有秃顶的三大来由：

一、民间有理论：灵人不顶垂发。这理论必定是世世代代在大量的实情中总结出来的，那么，我就是聪明的了！

二、地质科学家讲，富矿的山上不长草。为此推断，我这颗脑袋已经不是普通的脑袋啊！

三、女人长发，发是雌性的象征。很久以来人类明显地有了雌化，秃顶正是对雌化的反动，该是上帝让肩负着雄的使命而来的。天降大任于我了，我不秃谁秃？！

秃顶有秃顶的十大好处：

一、省却洗理费。

二、没小辫子可抓。

三、能知冷知晒。

四、有虱子可以一眼看到。

五、随时准备上战场。

六、像佛陀一样慈悲为怀。

七、不被"削发为民"。

八、怒而不发冲冠。

九、长寿如龟。

十、不被误为发霉变坏。

现在，我常哼着的是一曲秃顶歌：秃，肉瘤，光溜溜，葫芦上釉，一根发没有，西瓜灯泡绣球，一轮明月照九州。我这么唱的时候，心里就想：天下事什么不可以干呢，哼，只要天上有月亮，我便能发出我的光来！

三月十五日，我和我的一大批秃顶朋友结队赤头上街，街上美女如云，差不多都惊羡起我们作为男人的成熟、自信，纷纷过来合影。合影是可以的，但秃顶男人的高贵在于这颗头是只许看而不许摸的！

朋友

朋友是磁石吸来的铁片儿、钉子、螺丝帽和小别针，只要愿意，从俗世上的任何尘土里都能吸来。现在，街上的小青年有江湖义气，喜欢把朋友的关系叫"铁哥们儿"，第一次听到这么说，以为是铁焊了那种牢不可破，但一想，磁石吸的就是关于铁的东西呀。这些东西，有的用力甩甩就掉了，有的怎么也甩不掉，可你没了磁性它们就全没有喽！昨天夜里，端了盆热水在凉台上洗脚，天上一个月亮，盆水里也有一个月亮，突然想到这就是朋友么。

我在乡下的时候，有过许多朋友，至今二十年过去，来往的还有一二，八九皆已记不起姓名，却时常怀念一位已经死去的朋友。我个子低，打篮球时他肯传球给我，我们就成了朋友，数年间形影不离。后来分手，是为着从树上摘下一堆桑葚，说好一人吃一半的，我去洗手时他吃了他的一半，又吃了我的一半的一半。那时人穷,吃是第一重要的。现在是过城里人的日子,人与人见面再不问"吃过了吗"的话。在名与利的奋斗中,我又有了相当多的朋友,但也在奋斗名与利的过程中,我的朋友变换如四季。……走的走,来的来,你面前总有几张板凳,板凳总没空过。我做过大概的统计,有危难时护佑过我的朋友,有贫困时周济过我的朋友,有帮我处理过鸡零狗碎事的朋友,有利用过我又反过来踹我一脚的朋友,有诬陷过我的朋友,有加盐加醋传播过我不该传播的隐私而给我制造了巨大的麻烦的朋友。成我事的是我的朋友,坏我事的也是我的朋友。有的人认为我没有用了不再前来,有些人我看着恶心了主动与他断交,但难处理的是那些帮我忙越帮越乱的人,是那些对我有过恩却又没完没了地向我讨人情的人。地球上人类最多,但你一生的交往最多的却不外乎方圆几里或十几里,朋友的圈子其实就是你人生的世界,你的为名为利的奋斗历程就是朋友的好与恶的历史。有人说,我是最能交朋友的,殊不知我的相当多的时间却是被铁朋友占有,常常感觉里我是一条端上饭桌的鱼,你来捣一筷子,他来挖一勺子,我被他们吃剩下一副骨架。当我一个人坐在厕所的马桶上独自享受清静的时候,我想象坐监狱是美好的,当然是坐单人号子。但有一次我独自化名去住了医院,只和戴了口罩的大夫、护士见面,病床的号码就是我的一切,我却再也熬不了一个月,第二十七天里翻院墙回家给所有的朋友打电话。也就有人说啦:你最大的不幸就是不会交友。这我便不同意了,我的朋友中是有相当一些人令我吃尽了苦头,但更多的朋友是让我欣慰和自豪的。过去的一个故事讲，有人得了病看医生，正好两个医生一条街住着，他看见一家医生门前鬼特别多，认为这医生必是医术不高，把那么多人医死了，就去门前只有两个鬼的另一位医生家看病，结果病没有治好。旁边人推荐他去鬼多的那家医生看病，他说那家门口鬼多这家门口鬼少，旁边人说那家医生看过万人病，死鬼五十个，这家医生在你之前就只看过两个病人呀！我想，我恐怕是门前鬼多的那个医生。根据我的性情、职业、地位和环境，我的朋友可以归两大类：一类是生活关照型。人家给我办过事，比如买了煤，把煤一块一块搬上楼，家人病了找车去医院，介绍孩子入托。我当然也给人家办过事，写一幅字让他去巴结他的领导，画一张画让他去银行打通贷款的关节，出席他岳父的寿宴。或许人家帮我的多，或许我帮人家的多，但只要相互诚实，谁吃亏谁占便宜就无所谓，我们就是长朋友、久朋友。一类是精神交流型。具体事都干不来，只有一张八哥嘴，或是我慕他才，或是他慕我才，在一块谈文道艺，吃茶聊天。在相当长的时间里，我把我的朋友看得非常重要，为此冷落了我的亲戚，甚至我的父母和妻子儿女。可我渐渐发现，一个人活着其实仅仅是一个人的事，生活关照型的朋友可能了解我身上的每一个痣，不一定了解我的心，精神交流型的朋友可能了解我的心，却又常常拂我的意。快乐来了，最快乐的是自己；苦难来了，最苦难的也是自己。

然而我还是交朋友，朋友多多益善，孤独的灵魂在空荡的天空中游弋，但人之所以是人，有灵魂同时有身躯的皮囊，要生活就不能没有朋友，因为出了门，门外的路泥泞，树丛和墙根又有狗吠。

西班牙有个毕加索,一生才大名大,朋友是很多的,有许多朋友似乎天生就是来扶助他的,但他经常换女人也换朋友。这样的人我们效法不来,而他说过一句话:朋友是走了的好。我对于曾经是我朋友后断交或疏远的那些人,时常想起来寒心,也时常想到他们的好处。如今倒坦然多了,因为当时寒心,是把朋友看成了自己和自己的家人,殊不知朋友毕竟是朋友。朋友是春天的花,冬天就都没有了;朋友不一定是知己,知己不一定是朋友。知己也不一定总是人,他既然吃我,耗我,毁我,那又算得了什么呢,皇帝能养一国之众,我能给几个人好处呢?这么想想,就想到他们的好处了。

今天上午,我又结识了一个新朋友,他向我诉苦说他的老婆工作在城郊外县,家人十多年不能团聚,让我写几幅字,他去贡献给人事部门的掌权人。我立即写了,他留下一罐清茶一条特级烟。待他一走,我就拨电话邀三四位旧的朋友来有福同享。这时候,我的朋友正骑了车子向我这儿赶来,我等待着他们,却小小私心勃动,先自己沏一杯喝起,燃一支吸起,便忽然体会了真朋友是无言的牺牲,如这茶这烟,于是站在门口迎接喧哗到来的朋友而仰天呵呵大笑了。

说死

人总是要死的。大人物的死天翻地覆，小人物说死，一闭眼儿，灯灭了，就死了。我常常想，真有意思，我能记得我生于何年何月何日，但我将死于什么时候却不知道。一觉睡起来，感觉睡着的那阵就是死了吧，睡梦是不是另一个世界的形态呢？我的一个画家朋友，一个月里总要约我见一次，每次都要交我一份遗书，说他死后，眼睛得献给××医院，心肺得献给×××医院。过些日子，他又约我去，遗书又改了，说××医院管理混乱，决定把眼睛献给另一个××医院的。对于死和将死的人见得多了，我倒有个偏见，如果说现在就业十分艰难，看一个孩子待父母孝顺不孝顺就看他能不能考上大学，那么，评价一个人的历史功过就得依此人死后是否还造福于民？秦始皇死了那么多年，现在发掘了个兵马俑坑，使中国赢得了那么大的威名，又赚了那么多旅游参观的钱，这秦始皇就是个好的。

人，怕毛毛虫，据说人是从小爬虫衍变的，人也怕人，人也怕自己，怕自己死。在平日，寿比南山的话我们说得很多，万寿无疆也喊过，是极少以死来恭维的话，死只能是对敌人最痛恨的诅咒，是法典中的极刑。依我的经验，三十岁以前，从来是不思考到死的，人到了中年，下一辈的人拔节似的往上长，老一茬的人接二连三地死去，死的概念动不动冒在心头，几个熟人凑一堆了，瞧，谁怎么没有来，死了，就说半天关于死的话题。凡能说到死的人，其实离死还遥远，真正到了死神立于门边，却从不说死的。我见过许多癌症病人，大都有三个发展阶段，先是害怕自己是癌症，总打问化验检查的结果，观察陪护人的脸色。再是知道了事实，则拒不接受，陪护人谎说是无关重要的某某部位炎症，他也这么说，老实地配合治疗，相信奇迹的出现。后是治疗无效果，绝望了，什么话也不说了，眼睛也不愿看到一切，只是流泪。人一生下来就预示着死，生的过程就是死的过程，这样的道理每个人在平时都能说一套，甚至还要用这般的话去劝导临死的人，而到了自己将死，却便想不开了。《红楼梦》里的那一段《好了歌》，说的是功名、富贵、声色不能看得通达是人性的弱点，那么，人性里最大的可悲处是不能享受平等。试想，我们作为一个平头百姓，平日里看不惯以权谋私，看不惯不公正的发财，提意见呀闹斗争呀地要平等，可彻底消除贵贱穷富和男女老幼界限的最平等的死到来时，却不肯死；不死不行的，才依依不舍地去了。

为什么不肯死，民间的意识里，死是要到阴曹地府去的，那是一个漆黑无比的地方。几乎谁也没见过鬼,但每个人都认为鬼是青面獠牙,血口长舌的。接触过许多死去了又活过来的人,他们都在讲死的时候,觉得自己一直往上飞,越往上飞越觉得舒服,甚至能看到睡在床上的自己的身子,还听得到医生的话和亲属的哭。这情景真实不真实,我没有经验,但凡见过的病死的人最后咽气的时候脸上差不多都呈现出一丝微笑的。我在陕西的镇安县见过一次葬礼,十几人围着死人敲锣打鼓唱孝歌,其中一段在唱:"说一声你死了就死了,亲戚朋友都不知道。亲戚朋友知道了,亡人已过奈何桥。奈何桥七寸的宽来万丈的高,中间抹着花油胶。大风吹来摇摇地摆,小风吹来摆摆地摇。有福的亡人桥上过,无福的亡人被打下桥。亡人过了奈何桥,从此阴间阳间路两条。社会主义这么地好,你为什么要死得这样早?!"这是没办法的,谁都要离开这个人世的,如果人世真是这么地好,你总不能老占着地方不让别人来吧。而且死去有死去的好处,基督教徒们不是说死去要到天堂见上帝吗,共产党的干部也常说"将来要去见马克思"。我们这些芸芸众生,死了只能去阎王那儿报到,阎王是什么,阎王是监督执行公正平等的长官。

把生与死看得过分严重是人的秉性,这秉性表现出来就是所谓的感情,其实,这正是上天造人的阴谋处。识破这个阴谋的是那些哲学家、高人、真人,所以他们对死从容不迫。另外,对死没有恐惧的是那些糊里糊涂的人。最要命的是高不成低不就的人,他们最恐惧死,又最关心死,你说人来世上是旅游一趟的,旅游那么一遭就回去了,他就要问人是从哪儿来的又要回到哪儿去？道教来说死是乘云驾鹤去做仙了，佛教来说灵魂不生不死不来不往，死的只是躯体，唯物论讲师来说人来自泥土，最后又归于泥土。芸芸众生还是想不通，诅咒死而歌颂生，并且把产生的地方叫作"子宫"，好像他来人世之前是享受到皇帝的待遇的。

不管怎样美好地来到人世，又怎样地不愿去死，最后都是死了。这人生的一趟旅游是旅游好了还是旅游不好，每个人都有自己的体会。我相信有许多人在这次旅游之后是不想再来了，因为看景常常不如听景。但既然阳世是个旅游胜地，没有来过的还依旧要来的，这就是人类不绝的缘故吧。作为一个平平常常的人，我还是做我平常人的庸俗见解，孔子有句话，是"朝闻道，夕死可矣"，当我第一次读到这句话，我特高兴，噢，孔圣人说过了，早上得了道，晚上就应该死了，这不是说凡是死的人都是得了道的吗？那么，这死是多么高贵和幸福，而活得长久的，则是一种蠢笨，不悟道，是罪过，越是拥戴谁万寿无疆，越是在惩罚谁，他万寿了还不得道，他活着只是灾难更多，危害更大。

海明威有个小说，写的是一个人看见妻子在生产，他承受不了人生人的场面，就割破动脉血管而死了。海明威讲的是生比死可怕。我小时候听水磨坊的老汉说过一个故事，一个人夜里独自在家，有鬼来骚扰，这人不理，鬼很生气，闹得更厉害，以死来威胁，这人说了一句："我对活着都不怕，我怕死？！"这人说得真好，人在世上，是最艰难的事，要吃喝拉撒，要七情六欲，要伤病灾痛，要悲欢离合，活人真不容易的。那些自杀的人，自己能对自己下手，似乎很勇敢，其实是一种自私、逃避和怯弱。

既然死是人的最后归宿，既然寿的长短是闻道的迟早，既然闻道而死去的时候是一种解脱和幸福，对于死应该坦然。而恐惧的人，不能正确地面对死去，也绝不会正确地面对活着，这样的人即使一时还未死，却错误地理解人生，以为人生就是在有限的时间里吃好穿好玩好，要吃好穿好玩好就去掠夺、剥削、欺骗、伤害别人。这样的活着把自己的肚腹变成埋葬山珍海味的坟墓，穿丝挂绸，把身子变成一个蚕，只能是久久得不了道，老而不死，"老死不死则为贼"了。

说生病

有一种病,在身上七年八年不愈,要想想,这一定是有原因了。泄露了不该泄露的天的机密?说破了不该说破的人的隐私?上天的阴谋最多可以意会而不能言传的。那么,这病就特别地有意义,自感是一位先知先觉,勇敢的普罗米修斯,甘受惩罚吧。或许,人是由灵魂和肉体两方面结合的,病便是灵魂与天与地与大自然的契合出了问题,灵魂已不能领导肉体所致,一切都明白了吧,生出难受的病来,原来是灵魂与天地自然在做微调哩。

真如果这么对待生病,有病在身就是一种审美。静静地躺在床上,四面的墙涂得素白,定着眼看白墙,墙便不成墙——如盯着一个熟悉的汉字就要怀疑这不是那个汉字——墙幻作驻云,恰有白衣白帽白口罩的"天使"女子送了药来。吊针的输液管里晶莹的东西滴滴下注,作想这管子一头在天上,是甘露进入身子。有人来探视,却突然温柔多情,说许多受感动的话,送食品,送鲜花。生了病如立了功，多么富有，该干的事都不干了，不该享受的都享受了，且四肢清闲，指甲疯长，放下一切，心境恬淡，陶渊明追求的也不过这般悠然。

最妙的是太阳暖和，一片光从窗子里进来跌在地上，正好窗外有一株含苞的梅，梅枝落雪，苞蕾血红，看作是敛羽静立的丹顶鹤，就下床来，一边披下坠的衣襟一边在光里捉那鹤影。刚一闷住，鹤影已移，就体会了身上的病是什么形状儿的，如针隙透风，如香炉细烟，如蚕抽丝，慢慢地离你而去的呢。

暂不要来人的好，人越多越寂寞，摆一架古琴也不必装弦，用心随情随意地弹。直挨到太阳转黑月亮升起，插一盘小电炉来煎中药，把带耳带嘴的砂锅用清水涤了又涤，药浸泡了，香点燃了，选一个八卦中的方位和时分，放上砂锅就听叽叽咕咕的响声吧。药是山上的灵根异草，采来就召来了山川丛林中的钟毓光气，它们叽咕是酝酿着怎么扶助你，是你的神仙和兵卒。煎过头遍，再煎二遍，满屋里浓浓的味，虽然搅药不能用筷子，更不得用双筷——双筷是吃饭的——用一根干桃棍儿慢慢地搅，那透过蘸湿了的蒙在砂锅上的麻纸的蒸汽弥漫，你似乎就看到了山之精灵在舞蹈，在歌唱，唱你的生命之曲。

躺在床上吧，心可以到处流浪，你无处不在，无所不能，从未有过这般的勇敢和伟大，简直可以要作一部类屈原的《离骚》。当你游历了天上地下，前世和来世，熄了灯要睡去了，你不妨再说一些话的，给病着的某一部位说话。你告诉它：×呀，你对我太好了，好得使我一直不觉得你的存在。当我知道了你的部位,你却是病了。这都是我的错,请你原谅。我终于明白了在整个身子里你是多么的重要,现在我要依靠你了,要好好保护你了,一切都拜托你了,×!人的身体每一处都会说话,除嘴有声外,各部无音,但所有的部位都能听懂话的,于是感受会告诉心和大脑,那有病的部位精神焕发,有了千军万马的英雄在同病毒战斗。什么"用人不疑"的仁,什么"士为知己者死"的义,瞬间里全体会得真切和深刻。

生病到这个分儿上,真是人生难得生病,西施那么美,林妹妹那么好,全是生病生出了境界,若活着没生个病,多贫穷而缺憾。佛不在西天和经卷,佛不在深山寺庙里,佛在熙熙攘攘的人群中,生病只要不死,就要生出个现世的活佛是你的。

说舍得

　　世界是阴与阳的构成，人在世上活着也就是一舍一得的过程。我们不否认我们有着强烈的欲望，比如面对了金钱、权势、声名和感情，欲望是人的本性，也是社会前进的动力。但是，欲望这头猛兽常常使我们难以把握，不是不及，便是过之，于是产生了太多的悲剧：有人愈是要获得愈是获得不了；有人终于获得了却大受其害。会活的人，或者说取得成功的人，其实懂得了两个字：舍得。不舍不得，小舍小得，大舍大得。翻读古书，历史上有过了许多著名人物，韩信能胯下受辱方成大器；勾践卧薪尝胆终得灭吴；田忌与齐王赛马，以下肆对齐上肆，上肆对齐中肆，中肆对齐下肆，舍了小负之悲，得了全胜之喜。人是如此，万事万物何尝不也是这样呢？蛇是在蜕皮中长大的，金是在沙砾中淘出的，按摩是疼痛后的舒服，春天是走过冬天的繁荣。回顾我们经历过的事吧，许多时候我们因没有小忍而坏了大谋，许多时候我们吃了一点儿亏懊丧不已不久却赢取了利好，为了保持我们的本身没有被一时的浮华迷惑，声名太盛则又使我们失去了行动的自在。舍舍得得、得得舍舍就充满在我们琐碎的日常生活中，演绎着成功和失败的故事啊，舍得实在是一种哲学，也是一种艺术。

说自在

　　我多么羡慕大海，想那挂一片云帆，直济万顷波涛，是何等的雄壮！而我，却实在可怜了，竟没有渡过海，甚至也未见过一次，想象不来到了大海，我将会如何举动。娘生我在山地，她去田里劳作的时候，我就从门槛里爬出去了，自然在召唤着我：去水溪边看见我一张很脏的脸，在草丛里吹一朵有着无数的小伞的蒲公英，虽然不像海边孩子的身上有一层发白的水锈，但却是满头的草叶，常常是娘回来，我已睡卧在了菊花架下。所以我说，我爱大海，大海却不是我的母亲，她没有给我五趾分开的脚，那弄潮的船上我站得稳吗？但我却是山地的儿子，我爱那花间草间的一块石头，它见光有彩，临风响动，顽愚的形状里包含着金、银、铜、铁的灵性，空空寂寂地待在野外，却是多么富有天地自然之乐啊！

　　我曾经想，世界上只有大海，那将会出现一种什么可怕的情景呢？当然，世界上也绝对不能尽是山石。到大海观潮，进深山赏林，世界才是和谐的一统，人的兴趣才是多变的丰富。宇宙之中，万事万物，既能生存，便有赖以生存的价值。一棵树木，千万片叶子，都是叶子，却一片不同一片，能说出哪一片重要吗？纵然是苍鹰，可揽天下雄风，是凤凰，可集天下色彩，但要是歇栖下来，也不过只是占一根树枝呢。

陕南的地方，常常有这样的事：一条河流，总是曲曲折折地在峡谷里奔流，一会儿宽了，一会儿窄了，从这个山嘴折过，从那个岩下绕走，河是在寻着她的出路，河也只有这么流着才是她的出路。于是，就到了大批游客。当今游客，都是进山要观奇石，入林要赏异化，他们欣赏那岩头瀑布的喧哗，赞美那河面水浪的滚雪，总是不屑一顾那河流转变的地方。是的，那太平常了，在山嘴的下边，是潭绿水，绿得成了黑青，水面上不起一个水泡，不泛半圈涟漪。但是，渔夫们却往那里去了。他们知道，那瀑布的喧哗，虽然热闹，毕竟太哗众取宠了，那翻动的雪浪，虽然迷丽，但下边定有一块石头，毕竟太虚华轻薄了。只有这潭水，投一块石子下去，嘭咚响得深沉，近岸看看，日光下彻，彩石历历在目，水藻浮出，一丝一缕如烟如气，探身而进，水竟深不可测，随便撒一网去，便有白花花烂银一般的鱼儿上来。

小时候，我常在这样的湾水边钓鱼，我深深地知道她的脾性。表面上不动声色，内心里蛟腾鱼跃，谁能说她不是山中河流的真景呢？湾水并不因被冷落而不复存在，因为她有她的深沉和力量,她默默地加深着自己的颜色,默默蓄积着趋来的鱼虾,只是一年一年,用自己的脚步在崖壁上走出自己一道不断升高的痕迹。终有一天,她被人们知道了好处,便要来赤身游泳,潜水摸鱼,夜里看月落水底的神秘,雨后观彩虹飞起的美妙。湾水临屈而不悲,赏识而不狂,大智若愚,平平静静,用什么也不可能来形容她的单纯和朴素了。

这些年里,我走了不少地方,可谓"八千里路云和月",但我却常常低头便思起了故乡。故乡,虽然贫穷,但却有真山真水的自然元气。那草木见过吗?密密的不能全叫出它们的名目;那虫鸟见过吗?那奇形怪状不能描绘出它们的模样。信步到山林去、洼地去,常常就看见那石隙里渗出一泓泉的,或漫竹根而去,或在乱石中隐伏。做孩子的去采蘑菇,渴了,拣着一片猪耳朵草的地方用手挖挖,一有个小坑儿,水便很快满了,喝下去,两腋上津津生凉风,却从不曾坏了肚子。如若夜里做游戏,在地下挖个坑儿,立即便出现一个月亮,遍地挖坑,月亮就蓄起一地哩。这地方,撒一颗花籽长一棵鲜花,插一根柳棍生一株垂柳,城里有吗?城里的报时大钟虽然比老家门前榆树上的鸟窠文明,但有几多味呢?那龙头一拧水流哗哗的装置当然比山泉舀水来得方便,但那一拧龙头先喷出一股漂白粉的白沫的水能煮出茶叶的甘醇吗?我最看不上眼的,是那么高高的薄壳大楼凉台上,一个两个小瓦盆里植点花草,便自命热爱生活,又偏偏将花草截了直秆,剪了繁叶,让其曲扭弯斜,而大讲其美!我真不明白,就这么小个地方,要拥上这么多的人?!一堆蚯蚓仅仅拥挤在一个盆的土里，你吐过他吃，他吐过你吃，那到了最后，还有什么可吃可吐的呢？

我深深地怀念着我那真山真水的故乡！夜里又读了《红楼梦》，我觉那块石头真好，它既没有本事去补天，就让它留在草莽吧。它有矿质，冶金人会找着它，它含石灰，烧窑者会寻到它，既是纯乎一块顽石，苔藓布满，也能显示春天，就是被河流冲去，裂成碎片，研为沙砾，日光、水汽、雾霭、烟霭，也会使它闪出灿灿的天然色光。

大凡世上，做愚人易，做聪明人难，做小聪明易，做聪明到愚人更难。鸿雁在天上飞，麻雀也在天上飞，同样是飞，这高度是不能相比的。雨点从云中落下，冰雹也从云中落下，同样是落，这重量是不能相比的。昙花开放，月季花也开放，同时开放，这时间的长短是不能相比的。我能知道我生前是何物所托吗？我能知道我死后会变为何物吗？对着初生婴儿，你能说他将来要做伟人还是贼人吗？大河岸上，白鹭飞起，你能预料它去浪中击水呢，还是去岩头伫立，你更可以说浪中击水的才是白鹭，而伫立于岩头的不是白鹭吗？

去年初春，我又回到老家去。家却搬了地方，再不是那多泉的川沟，而住在了大坡原上，吃水要挑了桶去远远的林子里。我便提议打口井了。我没有请风水先生，我自觉山有山脉，水有水向，在学校是学过这地理知识的。我看了地势，便在前院里打起井来。打呀，打呀的，先还使得上劲，愈打愈是困难，一笼笼土吊上来，但是，就有了一个大石层，无论如何也挖不出个缝儿来。我泄气了。邻家人劝我到他们院里去打,说那里风水先生看了的,肯定有水,但我怎能把井打在他家院里,而我吃水不便呢?我又在后院开始另打井。蹴在那井坑里,打了五天,又打了十天,已经是十丈深了,还是没水,村里人尽在耻笑起来,我只是打我的。那黑黑的世界里的苦作,那是孤孤的寂寞的生活。终有一天,毕竟那水是出现了,虽然不大,但我是多么高兴呢!我站在井底,看着井口,如圆片明镜一般,太阳的光芒在那里激射,突然似乎有了响动,愕然大惊,我声小,那声也小,我声大,那声也大,我明白那是地心的回音,笑起来,满井里都是哈哈哈的大笑不止。

这井打成了,这是属于我家的。天旱,那水不涸,天涝,那水不溢。狂风刮不走它,大雪埋不住它,冬天里,在井中吊着桶子而不冻坏,夏天里,吊着肉块而不腐烂。我知道地下有一个很大很大的海,我虽然只能得到这一井之水,但却从此得到了永恒之源。有泉吃泉水,没泉吃井水。井水更比泉水好,泉水太露,容易污染,井水暗隐,永远甘甜。我庆幸在我家的院子打了这口井,但我知道这井还浅,还小,水还不大,还要慢慢地淘呢。

乡村的夏夜,实在热得难熬,人们都在场畔上乘凉闲话,你一句,他一句,天一句,地一句,一直可以到深夜。谁都听了,谁却也说不上说了些什么,但是满足了,最满足的却是本人。

辑四

有一株墨色,居百菊正中,高一人,分十枝,枝枝孕有花胎,未绽,故大如小碗。我们席地饮酒,未三巡,奇香喷鼻,视墨菊,大放,其状如碟,其色乌黑有光泽,不敢用手去摸。

冬花

　　七寸宽的，一尺长的，一件印刷品，嵌在银箔花边的玻璃框里，挂在西安画册店里出售了。我看见它的时候，它蒙着一层灰尘，已经长久没人问津。我心儿就楚楚地伤感起来：这么一件艺术珍品，在这么大个西安，竟没有多少人去欣赏！但我毕竟又十分地庆幸，立即便掏钱买回来了。

　　这是一幅日本名画，作者是东山魁夷。我得到它的那天，是一九八〇年九月十三日的黄昏。

　　我把这幅画挂在房子中央，我认为是上品妙物。那些流行小说，我只是读一遍罢了；那些热闹电影，我只是看一遍就罢了。但这幅画，一个简单的风景小品，我却看不厌腻，深深理解了绘画之所以是绘画，小说不能代替，电影不能代替，它却能表现小说、电影不能表现的东西。

　　那画儿描绘的是一个冬夜。天上有一轮月亮，满满圆圆的，又在中天，可见是十五夜晚的子时。没有一点杂云，也没有一颗星星，占去了画面的二分之一的空间。月亮却是不亮，淡极，白极，不是小说里常常描写的是一个玉镜儿，或者是一个灯笼，妥妥帖帖的应该是一个气球，也不实在，或者只是虚幻着的一团白光罢。冬天的夜里童话的世界吗？整个画面的颜色是种昏黄。那二分之一的下面盈盈的是一棵老树，或是核桃树，或是七八十年前植的苦楝，树冠呈着扇形，隆地而起的半圆。树枝一动不动的，没有一片叶子，没有一个小花小果，连一只栖鸟儿也没有。枝条错综复杂，有点儿像中国农民画的"连理枝"。全树一色灰白，虽然不是晶莹般的透明，但比夜色亮多了，不知道是落了银粉，还是挂了微霜？

画面上再没有什么了，朦胧而又安静，虚空而又平和，我只能说出它的物理成分，却道不出它的情调。或许我意会了，苦于用语言不能表达。我怕最伟大的文学家也说不出来，可任何一个平凡的人却能感觉出这是冬夜。

多么冷的一个夜晚啊，月亮欲明未明，世界在朦胧中虚去了，淡去了，只有树存在。我突然间觉得，这个地方，我是熟悉的，但是什么地方、什么时间，我却又不知道。我已经发冷，瑟瑟价抖动起来，感到衣裳太单太薄了，似乎不可忍耐了。

这是什么缘法呀，画儿，我一见到你，我就想哭呢。

那是几年前的一天，我正烦乱，心绪不收，踽踽到大街上去了。行人是匆匆的，他们像是都寻到了快活。我站在热闹之中，却显得更加孤独和寂寞，就逃进那画册店去。这画是挂在墙上的，我一眼就看见了，停下脚步，痴痴呆呆，像在千里之外突然遇见了知音，像浪迹的灵魂突然寻到了归宿，一时气沉丹田，膝腿发软，双手松松地垂下来了……

这正是我思我想的冬天！我真想就睡在这树下，像树枝儿一样僵硬，让大地就在身下，让霜泛在身上，月光照着，一起蛰去，眠过这整整的一个冬天，直到来春的"惊蛰"的那声响雷。

这幅画儿挂在我的房中，我把它像佛殿的菩萨一样供着，每每心烦意乱，就面画而坐，它似乎是安宁我的神灵，我于是得到了慰藉，得到了解脱，我觉得我是唯一能理解它的了。

有这么一回，我正看着，偶尔间在画的左角，发现了小小的两个字：冬花。这是画的题字，却竟使我大吃一惊，而且从此陷于疑惑了。那题字笔画了了，而且我一直未能注意，它怎么是"冬花"呢？冬天是不可能有花的，画面上又没有画花，何以是花呢？

我是不知道的了。月下树下是没有一个人，东山魁夷又在日本，问谁去呢？我苦闷了三天，终于看出这树是长在河边的，或者场畔的，那么，这几步之外，该是有村，有人的了。这得要去问那人了。

人呢？在这沉沉夜里，人恐怕掩了柴门，埋了炭火，已经睡了。昨日里刮了一天风，飘走了树上最后一片叶子，今夜里，才冷得这般干、这般清。那人如何消得长夜，推开了那扇窗子，看着这树了。他是在想：今夜里有月亮了，这么地满圆。白天里发光的叫太阳，月亮是夜的太阳吧？夜本来是极黑的，夜的太阳出

227

来了,黑里才有了白光。这树,是枯了吗?但昨天的风里,它并没有掉下来,它静静地在冬夜里,沉思了,默想了,或许正在做一个长长的梦,梦见春天的花、春天的叶、春天的果呢。生物学家讲:树有多高,根有多长。它在地面上是一个枝的半圆,地下的那根该是另一个半圆了,在向纵深掘进,在积蓄力量。地上地下,一个满满的圆,是贡给暮老的冬天的一个花圈?是献给新的春天的一个花环?那人一定是在唱了:

黑黑的天空一轮月亮,
那是夜的太阳,
孤独的太阳,孤独的灵魂,
冬夜从此不再漆黑。

茫茫的大地一棵树木,
那是冬的花蕾,
寂寞的花蕾,寂寞的灵魂,
冬天从此有了颜色。

啊,冬天并不是死寂的,冬天有花呢。这是那人看见的,也是他告诉我的。这个不知名儿的,不见脸儿的人,揉着睡眼,打着哈欠,伸舒了身骨,怕要走下炕来,步出门去。而他终没有时间走进这画里来,又去忙他的事儿了:去修理春耕的农具,去精选春播的种子……

啊,我真想唤出那人来了!尊敬的,你肯出来吗,带我一块儿度过冬天,说给我些冬天的童话,教给我些春耕的劳作,我一定要叫着你是老师,好吗?

观菊

此日，大风降温，白霜染地，西安街道两旁树木疏稀，枝柯失柔软而僵硬，嘎喇喇碎响不已。行人顿减，皆弓腰缩脖，落叶则随步旋飞，作有意嬉戏状。我邀和谷、子雍、周矢诸友携酒去兴庆宫公园：观菊去。

公园门大开，守门人待在房内拥炉烹茶，一群麻雀在那里划霜觅食。买得票进去，过廊，过亭，过池，过台，一片静寂，唯有一清洁工在花台扫除残花、瓜子皮儿和糖果纸。坐船悄然到湖后土山，山顶方圆三十步，一片菊，金黄锦绣。有一株墨色，居百菊正中，高一人，分十枝，枝枝孕有花胎，未绽，故大如小碗。我们席地饮酒，未三巡，奇香喷鼻，视墨菊，大放，其状如碟，其色乌黑有光泽，不敢用手去摸。四人惊疑，以为奇。从湖上坐船回，在岸上遇见清洁工，笑而说："噫，这花是等待你们开呢。"

观蚁

药王行医

草记

一九八二年十月，我去银川，过三边，一漠沙地。天地全然都空白了，几十里没有一座房，也没有一棵树，远远的地平线上，夕阳欲浮欲沉，像是妊娠，已经黏胶得成一个椭圆形。我默默地走着。先是并不留意，后来就发现眼前倏忽飘过一朵两朵白绒团儿，温温柔柔的，泛着银光，再往前走，白绒团儿竟多起来，一动脚，就绕着身子乱飞。疑心是柳絮，抬头搜索去，四周依旧空旷，急用手去捉，手一抬，那白绒团儿却顺手而上，才抓住一团要看时，一出气，又飞了。一时又起了风，沙尘并没有动，但白绒团儿越发纷纷，如千万只白色蝴蝶，升升浮浮，翩翩不能安静。定睛看去，那白绒团儿却原来都从一棵一棵什么草中起身的：草高不盈尺，条叶，半绿半枯，结一串串果实，如豆荚，尽都干裂，有的已空壳，在风中铮铮颤着细音，有的半合半开，形如织布木梭，里边两排荚籽，每籽小如鸡眼，四周生满白绒，风吹绒毛如足如翅，就悠悠而去了。

我不知此草为何名，站在那里，一直等远远的一队骆驼走来，问起驼峰间的牧人，回答说："这草叫佛手肿。"草古怪，名字也古怪。我再问，回答是："它怎么不长绒毛呢？要不，它怎么繁衍后代啊！"

我不禁喟然长叹：哦，大凡尘世，任何地方都有生命的存在，漠漠边关沙地，也是如此。而万事万物既有存在的生命，又都有它赖以生存的手段，环境不同，手段也相异呀！遥想竹林中的蛇可以是青色，湖水里的鹅可以毛隔水，岸上的树可以叶子圆阔，高山的树可以叶子尖针，可见环境好的并不足夸，环境劣的更不应自弃。再想这佛手肿长在这里，它也开花，它也结籽，虽然没有一只蜂儿来传递花的爱情，没有一只鸟儿来遗播籽的繁衍，生活给了它瘠贫，也同时给了它奋斗，一结籽就生出绒的翅膀，自己去谋生路了。也正是环境太不好了，它并不去以色以香诱惑蜂儿鸟儿，它靠的是自己生的欲望，靠的是飞的力量，自然这样可望落地而生，也可能落地而亡，要不，怎么会有这么多的白绒团儿各自在寻找自己的归宿呢？

"这草很多吗？"我问牧人。

"当然很多，你再往北走，沙地上全是这种草呢。"

"那走过的草坝子上怎么没这种草？"

"它是苦命的，一旦绿了一片沙地，什么花草都来长了，有了蜂儿，有了鸟儿，它却就长不成了。"

"它只能在沙地上长？！"

"要不怎么说是苦命的呢！"

牧人赶着骆驼远走了，缓缓的步伐，摇奏着沉沉的铃声。几朵白绒团儿飘在骆驼的身上，落在牧人的帽子上，那深深的骆驼脚窝里，也满满地落下一堆了。

啊，荒凉的沙地上，有多少人来过，又有多少人能知道这草呢？知道的只有骆驼，只有牧人。但骆驼不懂人语，不能言语，牧人能言，但不能写出以示天下。只有我记下此草，草可悲，草亦可幸也。

梅园

文学上经常有这样的事,有人写成了一本书,喜欢在扉页上标明以此书献给某某人。如此的作品仅仅是一种礼品,而礼品往往并不是真正宝贵的东西。但是,我们读李商隐的那些爱情诗,我们都说好,甚至永远记住了"春蚕到死丝方尽,蜡炬成灰泪始干"之类的句子,我们却永远不知道李商隐是写给谁的。李商隐绝对有写作的对象的。真正的艺术作品,文学的,绘画的,音乐的,它都有着写作者的秘结,只是秘结无人知晓。所以,我们并不懂得李商隐,甚至不懂得除"我"之外的任何人。

八年前我进入了一座园子,园子里梅花灿烂。

那是大学里的一座梅园,我在一块石头上一直坐到了天黑。返回时,有萤虫在前边带路,它自带着光,我听见了有学生在栅栏外吟哦郁达夫的诗:

曾因醉酒鞭名马，
生怕情多累美人。

柳园

如果没有铁路，人不会来，黄羊兔子也不会来，但现在谁能不来。恰如一座美好的院落，总要进门道，跨门槛。从四面八方到敦煌，必此下车，然后搭汽车一漫儿斜下五六个钟头，从敦煌返回，又搭汽车一漫儿斜上到柳园。敦煌要和上海比，或许高度已在上海几百层楼顶，但往柳园，却成了煤井里的坑道，两条公路犹如坑道里的两条铁轨。

说准确些，柳园是在一座山上。山看起来并不高，沙把它埋了，所以沿路只是些高高低低的山崩顶尖，你能想象得出雾里在庐山、在峨眉的境界。据说悬空寺修建，须大雾弥漫时才可动工，那么走这一路，之所以安全，心地踏实，那也是亏了云雾，云雾已经凝固了，云雾就是沙。

正因为如此安全，游人就忘形得意，表现出人的蒙懂和可笑，反说："沿途的山太小了，又不集中，这儿一个石的三角，那儿一个石的三角。"但他们又出奇地只感觉冷，冷得直哆嗦。看那些石三角却像是大火燎过，呈焦黑色，寸草不长，怀疑是冶炼后的炭渣堆。偶尔一群石三角与一群石三角中间有了绿，远远就大呼小叫："有水了！"近去却是一溜骆驼草。路还并没有修好，常常前边放炮扩建，车要停下来，发现民工用钎用锤一下一下凿打黑石，才明白了身下的路并不是在沙上，而一尺厚的沙下就是坚硬的岩石，硬得如铁，铁镐碰得石，嘣！一撞一跳，全是金属音响。

到了柳园，就到了山顶，看四面一溜一带的群山，如摇头摇尾的细浪，似趋势而来，又似奔脉而去。镇子很小，但车站很大，其实车站就是镇子。有商店，有饭店，有旅店，职工就是居民，居民不多，是游客的十分之一。游客是四面八方黑白棕黄之人种，南腔北调日法英德之言语。本地居民服装也可粗细，语言也解中西，但一眼却能看出住籍，他们颧上都有大小不等深浅不一的两块红肉，那是日之所致，风之所致。靠山吃山，靠水吃水，他们靠的是车站，游客却视他们是大海中的一支桨板，是黑暗中的一颗星星，是上帝是观音是阿弥陀佛。一整天的塞外风沙，是他们给了吃喝，给了热炕，给了一颗稳妥妥的心。

但是，整个镇上，没有一棵树，搂粗的没有，筷子粗的也没有，石头上是没有长树的，没有树也就没有鸟了。只有一园花，那只能是车站单位养的，土是集中起来的好土，灌溉的水是特意从外地运来的，特意从人的食水中强行分配出来的。

没有青林鸟语。这是多么可怕的地方。但柳园却是一座大殿的石雕，具体点，是卧在敦煌艺术之宫门口的石狮子、铁狮子，还可以说，是一位战士。地知道它，将最高点的位置给它，天知道它，把太阳多来照耀，五点这里就天明，夜八点半了，太阳还不会全落。

风竹

我曾经问过老者：风是什么？来无消息，去无踪影，倏忽似弦丝弄音，倏忽又惊雷般滚过，不知道究竟是怎样个形象呢？答曰：此天籁，地籁，宇宙自然之大籁也。其本无形，形却随物而赋，你如果在山上，可以看见它托起一根羽毛袅袅，那便是温柔形象；你如果在海边，可以看见它使水浪卷扬，浩渺色变，那便是暴烈的形象。

我怅然了。居在城里，足未到过高山，身也未涉临大海，却是一块天地，仍是一块天地属我，则四堵墙内的不足五米方圆的一庭小院罢了。我怎么能看到风的形象呢？

于是，我在院里植下了一丛竹。

果然风附在竹上而显形了。日复一日，一年复一年，我以生命的渴望观察着竹丛，终于明白了风是通过竹表现着它的存在的。清晨里，屋檐下的蛛网被露水浸得亮亮的，像是水银织就，竹丛后的卧石上、苔藓上茸了一层嫩绿。新篁初放了,叶子安静得像在梦里,正面是正面,复面是复面,一层一层叠起来,各自按着自己的身份各就各位。竹丛的地上,有一些去年脱落的叶子,白得像纸片儿,脉络还看得清楚,用手去捡,却全然腐烂了。太闷了,蚯蚓拼命地在土里松动,三个四个竹鞭顶起卧石,冒出尖尖的角来。一切都是静止的,风的形象该是严肃,太规律了,太一统了,死气沉沉的,我不知道我应该想些什么,应该说些什么。台阶下的草窝里有个不相识的虫子正慵懒地唧唧。

白日过去,黄昏笼罩了城市;风起了,晚空上的碎云也似乎有了一种凄凄流动的音响。微风又是什么模样呢?我回到了小院,竹枝稳稳的,每一片叶子却在颤颤地激动,竹丛像一团软软的东西,这边凹进去,那边就凸出来,间或就分散了,但立即又聚集在一块,像是互相粘连着。风的形象原来也有平温、生气的时候,叶子各自是什么形状、什么颜色,都分分明明地显露出来了。嫩叶抖擞着,浅绿得可人,一些深绿的衰老的叶子无可奈何地掉下去了。整个竹丛弥漫着一种爱、一种欲,摇曳出一首抒情的诗歌。

但是,暴风常常就在夜里降到这个古老的城市了。一个可怕的罪恶的形象。竹子纷乱得没有一点秩序了,像一只秃头折翅的即将坠落的雏鸟,像一个披头散发的失夫的女人。房子里的烛光熄灭了,墙外巷口的路灯半昏半暗地照过来,竹丛忽地拉长着一个柱形,又忽地压下来,像一个扁饼儿;最上的叶子或许就弯下来,最下的叶子又闪到了上边,枝与枝相摩,发出嘎嘎响声;叶与叶冲撞着,使正面的反着了复面,复面的又拧成了正面,该落的落了,不该落的也落了;老枝有的折了,新枝有的也折了。

风的形象见得多了,我又十分纳闷起来:风这么没有规律,它是依什么意志而变化的呢?便又请教老者,回答说:"它是在完满天地和宇宙自然的意志啊。"

"啊!不测的神秘!"

"好了,你知道了不测,也就不必一定要去测了。"

"这是为什么?"

"激情所致改变了认识,这也是深入了解事物真实的一种方式啊。"

我听着老者的话,再不为风的无形的形而恨了,再不为竹的可怜飘摇而悲了。风是通过竹的眼睛看万事万物对自己到来的反应变化而完满天地和宇宙自然的意志的,而竹又在这种完满中变为天地和宇宙自然的一个分子。实在是一种奇迹,我观察着竹丛观察得久了,这风竹上的意志的完满又通过我的眼睛,传递于我的心灵,使我竟也得到了生命的觉悟和完满呢。

大海里的水蒸腾成天上的云,云又将雨降落下大地归流大海,而田野、村庄、庄稼、花草、树木却滋润了、满足了。钟将它的声音充满四周,但钟却仍是钟。将麝香携带千里,麝香物质不灭,千里的空气里却全是一种芬芳了。

这是一位伟人曾经说过的意思,风竹却使我深深地理解了。

关于树

　　树默默地长着,长得很高。打开窗户,枝条上就会栖有一只美丽的小鸟,鸣啭着,可人极了。逢上细雨蒙蒙,在栅栏前独立,湿气里,那雨正沿了叶尖往下迟迟久久滑动,似无若有的一声坠金。想天地之广大,念人生好匆忙,捡一片飘落下来的枯叶,一根根数着心形般的那些纤纤细脉,几许淡愁,天分明是十分黑了。

　　教科书上讲:在这个地球上,有着人,也同样有着兽有着草木。草木似乎是地球的奢侈品了。那么,占一席阴凉,祛那暑热,砍几枝作薪,煮饭烧茶,伐解了,做许许多多家具,倒欣赏那泉状的纹路。这一切皆如此理所当然,树就是这个树而已了。

　　偶尔在一个雪天,心情挺好,望着那黑硬的奇形怪样的枝柯,要突发玄想,树是一个什么样的妖魔从地下冒出?这晚上定会做出许多的噩梦。

圆圆的地球在太空中滚动得太久了,严严实实地封闭了它的精光元气。树为释放地气而存在着,她的每一片叶子就是内气外行的手掌。正正经经的气功师啊!被人爱是树的企望,爱人更是树的幸福,爱欲的博大精深,竟使她归于了无言乃大愚,沉静而寂寞。

×君,我是你窗前的每日所见的一棵树啊,可你知道我是哪一日长出了地面,又是怎样一日一日地高大吗?

温泉

十年前,我曾在陕南的山中做过旅行,三个月的时间,走遍了那里的每一块地方。山中的地域广大,人口却不甚多,常常在一条四十里、五十里的沟岔里,间或才碰到一间两间石墙石瓦的小屋。有一日步行了六十里,还未见到一个人影,傍晚在一座山下歇身,要烧火做饭,却苦于四处寻不到水。别的地方,山是浑圆得到了极致,裸露石崖上清清楚楚看出一层一层地壳的结构线,曲曲地抛伏着。这山的两边层线却势均力敌,相峙相抵,使山大起大落,而将峰的层线直竖直立了。而且石头并不团结,危石耸耸,岌岌可坠。山下也没有河,两石一台,三石一垒的沟里,石头上生满了黑里透红的苔藓。一些矮矮的弯柳桩上却纠缠着泥草枯根,显示着夏日山洪暴溢才形成有河的记录。我只好啃些饼干,急急再往前走,不能有野餐的趣味了。煮一些携带的小米,在洼里剥一株出土的笋苞,然后垂竿去河里静静等待,看三尾四尾银色的小鱼上钩。

转过一个山弯,路却又没有了,只好坐下来看山上一片桃花,妖妖的,开在枯藤老树之中。倏忽之间,扭头发现在一面层线竖起的崖下,腾腾冒着一团热气,热气上升,在半崖之上凝为了云。虽然没有白鹤,成群乌鸦却聚散无常,皆一起在夕阳里,翅膀驮了霞光齐飞。我走近去,竟是清清的一潭新水,起源于崖下的一条石缝,咕咕嘟嘟的,然后注入潭中,无声而柔软,从沙石之下潜流而去,潭也就不涸不溢。陕南的山中是有着燃烧的煤的石头,水的燃烧这还是第一次见到。当下喜出望外,取了饭盒盛水煮饭。

这时候,有人在大声喊叫,便见一个采药模样的人从山上急急跑下来,将我拦住,说:"此泉是鬼水,万不能喝的,喝了要拉肚子哩。"我疑惑,喝一口尝了,其热滚烫,涩苦难咽,哇地就全吐了。不明白这么好的山野,竟没有水,难得有了水,竟又如此恶劣。采药人说:"正是水恶,这里才远近无人居住。"这就奇了,这般清澈的水,潭底碎石历历可数,若不是有热气蒸浮,清净得疑心那水是不存在的。但确实水中藻类不生,游鱼小虾也不见有一条,甚至潭的四周,竟也没有一花一草一树一木,土地上不曾留有各种蹄爪足迹。可以想见,蝴蝶是没有来过,禽鸟是没有来过,连那山羊、草鹿,有一个好胃口的走兽也没有走过呢。

我实在有些遗憾:是这水太清净了吗,清净得使鱼虾也不肯殖养?是这水太温暖了吗,温暖得使飞禽走兽也不肯渴饮?直奇怪不知道这是什么缘故儿,要辜负了这一片妖桃媚柳的山石!

这一天晚上,一直又跋涉了半夜,才到了山林深处的人家。谈起这一泉燃烧的水,山民当然又是一番怨恨,说正是这泉水,害苦了这一带地方,好多人去食用了,都上吐下泻,多少年来这里几乎就路断人绝了。曾经有人动手填过那泉,但总不能覆盖,也曾挖掘过那泉,但源头也无可奈何,依然没有别的好水出来,依然还是热,还是苦,还是涩。就只好以"鬼水"来诅咒它了。

我说:"平日只知道世上人分各等,有好人大人,但也有坏人小人。且好坏大小一尽儿平均分配的,没想水也有良劣区别,怪不得那里满山桃林,自是特意儿去避邪的吧。"

两年后,我上了大学,读到一本书,上面说:因地壳变化,山中会出现一种泉,烫热,其味涩苦,不可食用。内含硫黄等质,沐浴之可治皮肤病,尤疗理类风湿关节炎最有特效。我猛然想起那山中的燃烧的泉了,原来它竟是这等药水!一般流水可食用,它却能杀菌灭毒,强身健骨,功能不一啊!深山人只知其一,不究其二,诬蔑它为鬼水,这真是一桩冤案!天下水多为食用,以图鱼翔于底,蝶飞其上,它却永不变其清,永不冷其热,以自己的自生而不自灭的寂寞存在,来求得时间空间而证明自己的有益,这又是多么难能的可贵!遂深深怀念起那山中的燃烧的泉水了,不知它还在否,不知山民还肯认识它否,极想书信告知那些缺乏科学的山民:大力开发这一温泉,建其澡塘,修其屋舍,办一所矿泉疗养院,那荒寂山里将会繁华昌盛,天下有病之人将蜂拥而至,使外地人来此地获益,也使本地人以此地收利。但却不知那处山属何县何社何村管辖,地址不详。怏怏之间,自我安慰道:科学在发展,社会更文明,只要温泉还在,人类总会有认识的时候吧。

池塘

那时候，我很幼小，正是天真烂漫的孩子，父亲在一次运动中死了，母亲却撇下我，出门走了别家。孤零零的我，就被祖母接到了乡下的老家。祖母已经年迈，眼花得不能挑针，终日忙着为人洗衣，小棒槌就在捶布石上咣当咣当地捶打。我先是守在一旁，那声响太是单调，再不能忍，就一个人到门前的池塘寻乐去了。

池塘里有着生命，也有着颜色，那红莲，那白鹅，那绿荷……它们生活它们的，各有各的乐趣。我却不能下水去，只是看那露水，在荷叶上滚成碎珠，又滚成大颗，末了，阳光下一丝一缕地净了，那鱼群，散开一片，又聚起一堆，倏然全然逝去，只有一个空白了。它们认不得我，我却牢牢记住了它们，摇着岸边的一株梧桐，落一片叶儿到它们身边，我觉得那便是我了，在它们之中了，千声万声地唤它们是朋友呢。

到了冬天，这是我很悲伤的事，塘里结了冰，白花花的，我的朋友再不见了。我沿池塘沿儿去找，却只有几根枯苇，在风里飘着芦絮，捉到一朵了，托在手心，倏忽却又飞了，又去捉回，又再飞去……祖母知道我的烦恼，一边捶着棒槌，一边抹泪，村里人却都说我是怪孩子，在寻找什么呢？

时间一天天过去，池塘里起了风，冰一块块融了。终有一日，我正看着，就在那远远的地方，似乎有了一个嫩黄黄的卷儿，蓦地，在好多地方，也都有了那样的卷儿。那是什么呢？我一直守了半晌，卷儿终未展开。祖母说："啊，荷叶要出来了！"我听了，却悲伤了起来，想池水这么绿，绿得发了墨，却染不了荷叶的嫩黄，它是患了什么病吗？一个冬天里是在水里病着吗？我只知道草儿从石板下长上来，是这般颜色，这般委屈，这水也有石板一样的压迫吗？

但它终于慢慢舒展开了，一个圆圆的、平和的模样，平浮在水面就不动了。三日，五日，那圆就多起来，先头的呈出深绿，新生的还是浅绿，排列得似铺成的石板路呢。池塘里开始热闹，我的朋友又都出现，融融的，又该是一个乐园了。

没想这晚，起了风雨，哗哗啦啦喧嚣了一夜，天未亮，雨还未住，我便急忙去塘边了。果然池水比往日满了，荷叶狼藉着，有的已破碎，有的浸沉水里，我不禁呜呜啼哭起来了。

就在这时候，有一声尖叫，是那么的凄楚，我抬头看去，是一只什么鸟儿，肥胖胖的，羽毛并未丰满，却一缕一缕湿贴在身上，正站在一片荷叶上鸣叫。那荷叶负不起它的重量，慢慢沉下水去，它惊恐着，扑闪着翅膀，又飞跳上另一片荷叶，那荷叶动荡不安，它几乎要跌倒了，就又跳上一片荷叶，但立即就沉下水去，没了它的腹部，它一声惊叫，溅起一团水花，又落在另一片荷叶，斜了身子，酥酥地抖动……

我不觉可怜起来了，它是从树上的窠里不慎掉下来的呢，还是贪了好奇，忘了妈妈的叮嘱，来欣赏这大千世界了？可怜的小鸟！这个世界怎么容得你去？这风儿雨儿，使你如何受得了呢？我纵然在岸上万般同情，又如何救得你啊？！

突然，池的那边游来了一只白鹅，那样的白，似乎使池塘骤然明亮起来，极快地向小鸟游去了。它是要趁难加害吗？我害怕起来，正要捡一块石子打它，白鹅却游近了小鸟，一动不动地停下了。小鸟立即飞落在它的背上，缩作一团，伏在上面，白鹅叫了一声，像只小船，悠悠地向岸边游去，终于停在岸边一块石头边，小鸟扑棱着翅膀，跳下来，钻进一丛毛柳里不见了。

我深深地呼出了一口气，感觉到了雄壮和伟大，立即又内疚起来，惭愧冤枉白鹅了，就不顾一切地奔跑过去，抱起了它，大声呼唤着，奔跑在这风中雨中……

月迹

　　我们这些孩子，什么都觉得新鲜，常常又什么都不觉满足。中秋的夜里，我们在院子里盼着月亮，好久却不见出来，便坐回中堂里，放了竹窗帘儿闷着，缠奶奶说故事。奶奶是会说故事的，说了一个，还要再说一个……奶奶突然说："月亮进来了！"我们看时，那竹窗帘儿里，果然有了月亮，款款地，悄没声儿地溜进来，出现在窗前的穿衣镜上了：原来月亮是长了腿的，爬着那竹帘格儿，先是一个白道儿，再是半圆，渐渐那爬得高了，穿衣镜上的圆便满盈了。我们都高兴起来，又都屏气儿不出，生怕那是个尘影儿变的，会一口气吹跑呢。月亮还在竹帘儿上爬，那满圆却慢慢儿又亏了，缺了，末了，便全没了踪迹，只留下一个空镜，一个失望。奶奶说："它走了，它是匆匆的，你们快出去寻月吧。"

　　我们就都跑出门去，它果然就在院子里，但再也不是那么一个满满的圆了，尽院子的白光，是玉玉的，银银的，灯光也没有这般儿亮的。院子的中央处，是那棵粗粗的桂树，疏疏的枝，疏疏的叶，桂花还没有开，却有了累累的骨朵儿了。我们都走近去，不知道那个满圆儿去哪儿了，却疑心这骨朵儿是繁星儿变的。抬头看着天空，星儿似乎就比平日少了许多。月亮正在头顶，明显大多了，也圆多了，清清晰晰看见里边有了什么东西。

"奶奶，那月上是什么呢？"我问。

"是树，孩子。"奶奶说。

"什么树呢？"

"桂树。"

我们都面面相觑了，倏忽间，哪儿好像有了一种气息，就在我们身后袅袅，到了头发梢儿上，添了一种淡淡的痒痒的感觉，似乎我们已在了月里，那月桂分明就是我们身后的这一棵了。

奶奶瞧着我们，就笑了："傻孩子，那里边已经有人了呢。"

"谁？"我们都吃惊了。

"嫦娥。"奶奶说。

"嫦娥是谁？"

"一个女子。"

哦，一个女子。我想。月亮里，地该是银铺的，墙该是玉砌的：那么好个地方，配住的一定是十分漂亮的女子了。"有三妹漂亮吗？""和三妹一样漂亮的。"三妹就乐了："啊啊，月亮是属于我的了！"三妹是我们中最漂亮的，我们都羡慕起来，看着她的狂样儿，心里却有了一股儿的嫉妒。我们便争执了起来，每个人都说月亮是属于自己的。奶奶从屋里端了一壶甜酒出来,给我们每人倒了一小杯儿,说:"孩子们,你们瞧瞧你们的酒杯,你们都有一个月亮哩!"

我们都看着那杯酒,果真里边就浮起一个小小的月亮的满圆。捧着,一动不动的,手刚一动,它便酥酥地颤,使人可怜儿的样子。大家都喝下肚去,月亮就在每一个人的心里了。

奶奶说:"月亮是每个人的,它并没有走,你们再去找吧。"

我们越发觉得奇了,便在院里找起来。妙极了,它真没有走去,我们很快就在葡萄叶儿上,瓷花盆儿上,爷爷的锨刃儿上发现了。我们来了兴趣,竟寻出了院门。

院门外,便是一条小河。河水细细的,却漫着一大片的净沙,全没白日那么的粗糙,灿灿地闪着银光,柔柔和和地像水面了。我们从沙滩上跑过去,弟弟刚站到河的上湾,就大呼小叫了:"月亮在这儿!"

妹妹几乎同时在下湾喊道:"月亮在这儿!"

我两处去看了,两处的水里都有月亮,沿着河沿跑,而且哪一处的水里都有月亮了。我们都看起天上,我突然又在弟弟妹妹的眼睛里看见了小小的月亮。我想,我的眼睛里也一定是会有的。噢,月亮竟是这么多的:只要你愿意,它就有了哩。

我们就坐在沙滩上,掬着沙儿,瞧那光辉,我说:"你们说,月亮是个什么呢?"

"月亮是我所要的。"弟弟说。

"月亮是个好。"妹妹说。

255

我同意他们的话，正像奶奶说的那样：它是属于我们的，每个人的。我们就又仰起头来看那天上的月亮，月亮白光光的，在天空上。我突然觉得，我们有了月亮，那无边无际的天空也是我们的了：那月亮不是我们按在天空上的印章吗？

大家都觉得满足了，身子也来了困意，就坐在沙滩上，相依相偎地甜甜地睡了一会儿。

河西

天很高，没有云，没有雾，连一丝儿浮尘也没有，晴晴朗朗的是一个巨大的空白呢。无遮无掩的太阳，笨重地、迟缓地，从东天滚向西天，任何的存在，飞在空中的，爬在地上的，甚至一棵骆驼草，一个卵石，想要看它，它什么却也不让看清。看清的只是自己的阴暗，那脚下的乍长乍短的影子。几千年了，上万年了，沙砾蔓延，似乎在这里验证着一个命题：一粒沙粒的生存，只能归宿于沙的丰富，沙的丰富却使其归于一统，单纯得完全荒漠了。于是，风最百无聊赖，它日日夜夜地走过来，走过去，再走过来，这里到底是多大的幅员和面积，它丈量着，它不说，鸟儿不知道，人更不知道。

一条无名河，在匆匆忙忙地流。它从雪山上下来，它将在沙漠上消失。它是一个悲壮的灵魂，走不到大海，就被渴死了。但它从这里流过，寻着它的出路，身后，一个大西北的走廊便形成了，祁连山，贺兰山，走廊的南北二壁，颜色竟是银灰，没有石头、树木，几乎连一根草也不长，白花花的，像横野的尸骨。越往深处，深处越是神秘，沙的颜色白得像烧过的灰，山岭便变形变态：峁、梁、崖、岫、壑洼、沟岔，没有完整的形象，像是消融中的雪堆，却是红的，又从上至下呈现出错综复杂的棱角，犹如冲天的火焰，突然的一个力的凝固，永远保留在那里了。而子夜里升起了月亮，冷冷的上弦，一个残留半边的括号，使你百思不解这里曾出现过什么巨大的事变，而又计算过一种什么样的古老的算术？

当太阳把一个大圆停在天边，欲去却还未去，那整个沙原、寂山就被腐蚀了一层锈红。一切都是无言的，骆驼默默行去，沙鼠悄悄扒洞，苍蝇也丧失了嗡嗡的功能，于无声处去舔血。沙蒿、红沙菜、金刚草，那裹在一片尖刺中一颗一颗沙粒般的叶子，是戈壁沙漠的绿，更是一切草食动物的生命的追逐。一群羊从远远的地方涌过来，散着一个扇形，牧羊人就在扇后，威严得像驾驶着一辆大车，而紧紧牵拉着数十条缰绳。其实，最孤独的是牧羊人了，他已经坐在一个沙包上，沉寂得像一尊雕塑了。这里是离太阳近的地方，他的肤色赤黑得像发着油腻的石头，眼睛却老睁不大，深深地陷进去，正看着一只马蛇子翘着长长的尾巴，影子一般地在卵石和蓬草里窜行。

倏忽风就起身了，先是温温柔柔地托一根羽毛，忽上忽下地袅袅，再就吹一片云来，才一出现，大颗大颗的冰雹夹杂在雨点里就下来了。冰雹砸在沙里是一个坑儿，雨点落下去，沙并不湿，却蹿起一股烟尘来。流沙在瞬息中或聚或散，骆驼草却巩固了地盘，碗大的一个丘包，像一个一个偌大的蘑菇，又像是一些分布均匀的铆钉，因为是有了它们，这荒漠的地表才没有被揭去了吗？生命的坚强，启示了电线杆的忠诚，它们说尽了人的话语，却没一句是它们的，一年，二年，十年，二十年，始终在列队站着。

再往西去，再往西去，蜃市偶尔就要出现：楼、台、亭、阁、花坛、鱼塘，还有驼群马队、万千人物……眨眼却没有了。这里曾经是唐朝花雨丝绸之通道吗？这里曾经是刀光血影杀声吞天的古战场吗？眼前只是白沙，还是白沙。沙的形成真的是卵石成千上万年在风里碰撞的结果，这该是多么伟大的艺术，似乎宇宙的变迁，生命的进化。在这里是一幕放慢的镜头，那一个世纪如果缩短为一个生命的单元，石头的碰撞为细沙，会是一首何等雄壮的七音俱发的音乐啊！

这时候，一辆列车从地平线上开来。沙原之大，其迅行疾驰，看上去只能算是蠕蠕爬动。通过道班站，一个小小的三间房子，五个站上的人，一条样子像狼的狗，都站出来。一天一趟的火车，带来了运动，也将生命的活力同时注射在他们的身上了吗？脸上都是笑笑的。列车走过了，轰轰的钢铁的震响慢慢消失，留下的又是那万籁的一个静，又是那屋后一排七棵用食水浇灌起来的白杨。还有一柱直直的孤烟，他们该吃晚饭了。列车继续往前走，车上坐满了西行的旅客，他们兴致特别高，一边吃着从沿途车站买来的西瓜，一边谈论戈壁沙漠这么缺水，却出奇地能长这种仙物,并脆极、甜极,那西瓜长在戈壁沙漠,是这白沙卵石中不枯不溢的立体的泉吗?他们谈论着远处奔跑的一只黄羊,羡慕那是多么得意的精灵,它奔跑着,时不时就要将身子往空中跃,做一个弓的形状,它是在为自己的自由而激动得发狂吗?他们有的在作起诗:"啊,到了这儿,才知道了祖国之大!"有的则油画写生了,感叹着这里该是产生东山魁夷风景画风格的妙地。但是,一个奇异的神秘的景象就出现了:铁路的北边,一片几十亩地的乱坟墓,一个坟墓,一个卵石地堆积。几千个卵石堆积的坟墓,横横竖竖,竖竖横横。睡眠在这里的是些什么人呢?什么人又是什么时候睡眠在这里?他们不知道。他们没有看见一块墓碑,没有看见一丘砖砌起的坟台,更没有松柏,更没有花圈。他们猜想着,是当年长征路经这里的江西红军?是曾经进军新疆沙漠剿匪的战士?或者是修筑这条铁路的民工?或者是那开发金川镍矿的工人?他们一起趴在车窗口,互相看着,一句话却不能出唇,一下子感到了在这个地方是来不得半点儿矫饰和轻浮的。这里曾经经历过同别的地方一样的人为浩劫、灾难、贫困,又比别的地方更多了一种大自然的凶恶和狠毒,生命在这里得到了价值的真正体验。戈壁沙漠的干旱使这些坟墓完整无缺地保存下来,戈壁沙漠的荒寂却使这些坟墓的一切消息都封闭了。多亏了这条铁路通过这里,而使所有路过的老少男女发现了这一片无名无姓的人的坟墓!坟墓是坟墓的纪念碑吗?活着的人是死去的人的墓志铭吗?列车在戈壁沙漠的深处一步一步推进,车上的人都在默默地说：永远要记着那些为了征服戈壁沙漠而牺牲的和仍有可能牺牲的人！

梦城

　　八月走河西，在安西大漠见一城：东西长三百余米，南北百米不足，黄土版筑，墙垛完整；四周无一山一树障碍，天空地阔之间，便古拙壮观突出到了极致。戈壁滩上裹足行走了数日未曾遇见过什么村镇，偶尔有三户两户人家了，要么搭一间四方的不苦瓦覆草的泥棚，要么撑一顶毡包，泥棚前羊群或聚或散，毡包外孤烟直长，骆驼则负重而无声。突然竟有了一座城池，好不令人冲动！忙查地图辨方位拍照留念，却不见门洞里有人出入，也未听到鸡鸣狗咬。探头探脑步进城去，街巷屋舍却俱废了，唯有一些断墙残壁大小长短方圆错落，沙石遍地，金刚荆隆起如刺猬，马蛇子窜行，快极，只见影子不能辨其身纹。远远的败墙豁口，一只黄羊一闪，立即不知了去向。疑心是进了鬼窟，惊叫着逃出再不敢回头。一路仓仓皇皇，一看见风沙旋成立柱从身边疾过，就以为是追来的空城鬼魅的大脚，心怦怦跳荡不已。

夜里到安西，问起空城所见，安西人大笑，说："此梦城也，清代物事。相传康熙爷做了一梦，梦到一处城池甚美，便差人以梦境查访此地，遂到桥湾，景与梦合，便拨巨款令一大臣父子去造筑一座紫禁城一样的城池。大臣父子以为地处遥远，便大肆贪污，仅修了一个小城，后被人告发，康熙爷处其死刑，并剥下人皮做大小两个鼓挂在城门以戒天下。"

康熙可谓荒唐啊！大臣可谓卑鄙啊！十七世纪，到二十世纪，日月运行，沧桑变迁，当年"普天之下，莫非王土"，王土的大漠却是一所天然的博物馆：一座空城，日不能晒爆，风不能吹走，雨不能淋塌，几个世纪地记载着一代天子的梦，记载着贪官污吏的耻。

安西人问："在那里听到人皮鼓响吗？""没有。"又说："鼓是谁也未见过，但有人在飞沙走石、狂风四起之时，听到过一种卜卜声，如人的哀鸣。"自恨没有耳福，一边感激大漠这所博物馆，一边又遗憾这博物馆离人群太远，不能使天下更多的人都看到那空城，都细辨出那鼓声，一边惴惴追忆而已。

戈壁滩

这里应该是云，云却总是不虚，这里应该是海，海却永无水流。或许，这是上万年亿万年以前的事了，留给现在的，是沙的世界，卵石的世界，风在行走，看得见的是沙的柱的移动，这是独特的孤烟，是天地自然宇宙的意志的巨脚。

十几世纪，它一步步走向了成熟，先荒寂，后繁荣，再单纯，宇宙的进化演变在这里做了试点。因为它已经鄙夷了轻浮，娇容媚花在这里注销了户口，它已经反感起自大，空间之树在这里失却了位置。是真正的强者，极致，无技巧的艺术，是一块难得糊涂的、大智若愚的地方。

金刚草，一种别处长得能弹出水的娇物儿，在这里却长出一身硬刺，抱成一团，像一只刺猬，作内向的力的球状的形体。红沙菜，米粒般的叶子，动之便脱，颗颗酷似碎沙铁屑。野葱，古书上是作为形容美人手指的妙品，竟细如线，韧如丝，中无隙而

避暑图

终南山修行的一个和尚

断之无汁。那骆驼,或许前身曾是驴子,却未嘶叫,存质朴,忍劳负重。而蛇,却再不能炫耀其色了,缩小长度而添四足,更名马蛇子,翘起尾巴爬动迅如风行。这是一幅上帝的现代艺术的画,画中一切生物和动物都作了变异,而折射出这个世界的静穆,和静穆中生命的灿烂。

最孤独的是那一个过了花甲的牧羊人。

八月的天里,太阳悬在地平线上,大得像个铜锣。有两个最时髦的从上海来写生的姑娘,一个十分洋气,一个十分秀气。她们拉住牧羊人的手,认作是同类的知己。然后让牧羊人站在中间,三突出,自拍了一张照片。

太阳路

小的时候,我们最猜不透的是太阳。那么一个圆盘,红光光的,偏悬在空中,是什么绳儿系着的呢,它出来,天就亮了,它回去,天就黑了。庄稼不能离了它,树木不能离了它,甚至花花草草的也离不得它。那是一个什么样的宝贝啊!我们便想,有一天突然能到太阳上去,那里一定什么都是红的,光亮的,那该多好,但是我们不能。想得痴了,就去缠着奶奶讲太阳的故事。

"奶奶,太阳是住在什么地方呀?"

"是住在金山上的吧。"奶奶说。

"去太阳上有路吗?"

"当然有的。"

"啊,那怎么个走呀?"

奶奶笑着,想了想,拉我们走到门前的那块园地上,说:"咱们一块来种园吧,你们每人种下你们喜爱的种子,以后什么就会知道了。"

奶奶教了一辈子学,到处都有她的学生,后来退休了就在家耕务这块园地,她的话我们是最信的。到了园地,我们松了土,施了肥,妹妹种了一溜梅豆,弟弟种了几行葵子,我将十几枚仙桃核儿埋在篱笆边上,希望长出一片小桃林来。从此,我们天天往园地里跑,心急得像贪着嘴的猫儿。十天之后,果然就全发芽了,先是拳拳的一个嫩黄尖儿,接着就分开两个小瓣,肉肉的,像张开的一个小嘴儿。我们高兴地大呼小叫,奶奶就让我们五天测一次苗儿的高度,插根记标棍儿,有趣极了。那苗儿长得生快,记标棍儿竟一连插了几根,一次比一次长出一大截来。一个月后,插到六根,苗儿就相对生叶,直噌噌长得老高了。

可是,太阳路的事,却没有一点儿迹象。我们又问起奶奶,她笑了:"苗儿不是正在路上走着吗?"

这却使我们莫名其妙了。

"傻孩子!"奶奶说,"苗儿五天一测,一测一个高度,这一个高度,就是一个台阶,顺着这台阶上去,不是就可以走到太阳上去了吗?"

我们大吃一惊,原来这每一棵草呀,树呀,就是一条去太阳的路吗?这通往太阳的路,满世界看不见,却到处都存在着啊!

奶奶问我们:"这路怎么样呢?"

妹妹说:"这路太陡了。"

弟弟说:"这路太长了。"

我说:"这路没有谁能走到头的。"

奶奶说:"是的,太阳的路是陡峭的台阶,而且十分漫长,要走,就得用整个生命去攀登。世上凡是有生命的东西,都在这么走着,有的走得高,有的走得低,或许就全要在半路上死去,但是,正在这种攀登中,是庄稼的,才能结出果实,是花草的,才能开出花絮,是树木的,才能长成材料。"

我们都静静地听着,站在暖和和的太阳下,发现着每一条路和每一条路上攀登的生命。

"那我们呢?"我说,"我们怎么走呢?"

奶奶说:"人的一辈子也是一条陡峭的台阶路,需要拼全部的力气去走。你们现在还小,将来要做一个有用的人,就得多爬几个这样的台阶,虽然艰难,但毕竟是一条向太阳愈走愈近的光明的路。"

- 全书完 -

静中开花

作者_贾平凹

产品经理_黄圆苑　刘洪胜　　装帧设计_林林　　技术编辑_丁占旭
责任印制_陈金　　出品人_于桐

营销团队_李佳　杨喆　　物料设计_林林

果麦
www.guomai.cc

以 微 小 的 力 量 推 动 文 明

图书在版编目（CIP）数据

静中开花 / 贾平凹著． -- 济南：山东文艺出版社，2022.4

ISBN 978-7-5329-6553-3

Ⅰ．①静… Ⅱ．①贾… Ⅲ．①散文集－中国－当代 Ⅳ．① I267

中国版本图书馆 CIP 数据核字（2022）第 010098 号

静中开花
JING ZHONG KAIHUA

贾平凹 著

责任编辑	张林

主管单位	山东出版传媒股份有限公司
出版发行	山东文艺出版社
社　　址	山东省济南市英雄山路 189 号
邮　　编	250002
网　　址	www.sdwypress.com

读者服务	0531-82098776（总编室）
	0531-82098775（市场营销部）
电子邮箱	sdwy@sdpress.com.cn

印　　刷	北京世纪恒宇印刷有限公司
开　　本	1230 毫米 ×880 毫米　1/32
印　　张	8.75
印　　数	17,001—20,000
字　　数	180 千
版　　次	2022 年 4 月第 1 版
印　　次	2022 年 12 月第 3 次印刷
书　　号	ISBN 978-7-5329-6553-3
定　　价	49.80 元

版权专有，侵权必究。